京都伏見のあやかし甘味帖

星めぐり、祇園祭の神頼み

柏てん

宝島社
文庫

宝島社

CONTENTS

もくじ

京都伏見の

京都伏見のあやかし甘味帖

星めぐり、祇園祭の神頼み

プロローグ

淡い夢を見ていた。

人の干渉を受けぬ彼岸《ひがん》と此岸《しがん》の間《あわい》にて。

元より、人と狐の過ごす時間は異なる。

人は此岸の住人。そして狐は、時を経《へ》て神となる異界の住人である。その生が交わることと自体、とても稀《まれ》でそして得難いことだったのである。

けれど——とクロは思う。

人である主《あるじ》から賜《たまわ》った、此岸での己の名を。

主がその名を呼ぶから、子狐《こぎつね》は人間の暮らす中《なか》つ国《くに》においてクロとして確かな形を保っていられる。

名とは最も短い呪《しゅ》である。

誰の目にも留まらなかった曖昧であやふやな生まれたての子狐は、れんげに名付けられたことではっきりとした輪郭を得た。

狐としての自己を確立し、存在の意義を得たのだ。子狐にとって、それは劇的なことだった。

生まれて以来誰にも気づかれず誰にも相手にされることのなかった子狐が、人と話をして、図らずも御饌《みけ》を受けることができた。

これは冥界の住人にとって大変なことである。

れんげから与えられた力は、想いは、子狐にとってかけがえのないものであった。

だからそれを守りたいと思うのも、失いたくないと願うのも、道理。

力をつければ主を苦しめずにすむ。

その力を奪わずとも己が力で主を守ることができる――クロがそう考えたのも、ある意味当然の成り行きであろう。

だが、力をつけるといってもそれは安易なことではなかった。

そもそもこの時代、姿なき異界の者どもにとっては苦難の時である。人が異界の者を認めなくなった昨今、そういったあやかしたちは急激に数を減らしている。

曖昧模糊としていた旧来の闇に科学の光が当てられ、人を脅かし崇められることで尊厳を保っていた神々の力を衰えさせたのである。

そもそも神とは、人が作りしものであった。

病気や災害、旱魃《かんばつ》など、太古の昔より人間は自然によって何度も試され、絶滅の危機を味わった。

古き人々は、それを神の怒りだと畏《おそ》れた。
そしてその祟《たた》る神を祀《まつ》りて、襲い来る数多《あまた》の苦難から逃れようとしたのである。
時と共に神の形は変わり、人の都合で縒《よ》り合わされ切り離されてきた。
神とは不動のものではない。人の願いと共に姿を変え、遥かなる時を生き続ける。
しかし永遠ではない。永遠ではないのである。

一折　伏見稲荷とれんげと猫

七月の京都は、じめじめと暑い。

梅雨《つゆ》の本番である六月を岩手と東京で過ごしたれんげは、ここにきて初めて京都の夏の洗礼を受けていた。

「洗濯物がぜんっぜん乾かない……」

思わず苛立《いらだ》ちが露《あら》わになってしまった独り言に、布団の仕舞われたこたつで課題を広げていた虎太郎が反応した。

「ああー……梅雨はいやですよねえ」

「梅雨っていうか、ちょっと乾かなすぎじゃない？　丸一日干しておいても乾かないなんて。なんで？　これも京都だからなの？」

「いや、というか東京は乾くんですか？　梅雨でも？」

れんげと虎太郎は顔を見合わせる。

そして会話の生産性のなさに気づき、互いに無言で目を逸らした。

先日、興奮したように将来の展望を話す虎太郎に抱きしめられたことは、まだまだ記憶に新しい。

自分のようなアラサー女子に、一回り近く年下の虎太郎がその気になることなんてないだろうと思いつつも、妙に緊張してしまうれんげである。

そもそも婚約者がいたとはいえ、同居期間も十年を数えるとその関係性から色恋はすっかり遠ざかっており、ときめきなどすっかりご無沙汰だ。

なのに最近、虎太郎といると妙に落ち着かない。

すわ不整脈かと健康面を疑ってみたが、のんびりと朝起きて夜眠るニート生活は仕事に追われていた頃よりよほど健康的なのだった。

誕生日までは二十代。不整脈になるほどの不調があるとは考えにくいのだが。

『本日七月一日。八坂神社では長刀鉾町御千度《なぎなたほこちょうおせんど》が行われています。京都の夏を彩る祇園祭。今日の吉符入《きっぷいり》を皮切りに、古くは祇園御霊会《ぎおんごりょうえ》と呼ばれたひと月に及ぶ祭礼が始まります！』

ぼんやりと思考に浸っていたれんげの耳に、つけっぱなしのテレビからアナウンサーの華やいだ声が入ってきた。

反射的に画面に目を向けると、そこには木製の車輪がついた二階建て相当のやぐら、更に倍する長さの棒が立てられた動く建物が映し出されるのが見えた。

一緒に映るビルや人の大きさから考えて、その高さは三十メートルに迫ろうかという勢いだ。

「うわー、なにこれ？」

れんげは思わず驚きのままにそう口にしていた。

やぐらの周囲には白い法被を着た人々が列を成し、彼らの熱気がこちらにまで伝わってくるようである。

「あー、今映ってるのは長刀鉾ですね。れんげさん、山鉾《やまぼこ》を見るのは初めてですか？」

「〝やまぼこ〟？」

耳慣れぬ単語をそのまま聞き返すと、虎太郎は手に持っていたシャープペンをノートの上に置いて説明を始めた。

「こんな風に建物を車輪に乗せたものを山鉾って言います。七月になると、祇園祭のために街中に山鉾がたくさん建つんですよ。俺も京都来てから知って驚きました」

京都府出身の虎太郎だが、彼は御所があるこの街を『京都』と呼ぶ。

それにしても、どうやらこの山鉾というものは、有名な祇園祭に関わるものらしい。

さすがにれんげが京都について浅学であっても、『祇園祭』という単語ぐらいは知っていた。確か、ユネスコの無形文化遺産にも登録されている日本三大祭りの一つだったはずだ。

「でも、お祭りって普通一日でやるものじゃないの？　さっきテレビで、〝きっぷいり〟とか言ってたけど……」

「『吉符入』は、今日から祇園祭の神事を始めますよー、ってゆーことです。山鉾が街中をめぐる山鉾巡行だけが祇園祭って思われがちですけど、ほんまは七月の頭から終わりまでずっとお祭り期間なんです。この辺はあんまり混雑とかしないんですけど、観光客が増えるし四条通《しじょうどおり》なんかは交通規制になるんで、れんげさんも街中行く時は気をつけた方がいいですよ」

「一か月丸々……お祭り……」

虎太郎の何気ない説明が、既にれんげの理解を越えていた。

「え？　その間仕事はどうするの？　休むの？」

思わずこう聞いてしまったのは、そう遠くない過去でれんげが私生活を犠牲にして仕事に打ち込んできたからかもしれない。

というか普通の仕事であれば、ひと月も休むことなど不可能だ。観光業が盛んな京都で、観光客が増えるのならば繁忙期に違いないのだし。

無職になってまで社会人目線で考えるのはどうかと思うが、お祭りというものに縁のない人生を送ってきたれんげにとっては避けることのできない疑問であった。

するとそれまで軽快に答えていた虎太郎が、困ったような顔で肩をすくめる。

「俺は田舎の出身なのでよく分からへんのですけど、古いお家やとそれこそお祭り一色なんとちがいますかね？」

「い、一か月も？」

目を剥《む》くれんげに、虎太郎は自信なさげな様子で頷《うなず》いた。

『続いては、京都で起きている連続婦女通り魔事件のニュースです』

テレビは既に次の話題に移っており、部屋の中は気まずい沈黙に支配される。

「そ、そういえば今頃クロはどうしてますかね？」

どこか取り繕うように、虎太郎が言った。

しばらく驚きで言葉をなくしていたれんげだったが、京都が東京とは異なる伝統を継承する街なのだということは、ここ数か月で嫌というほど実感していた。

他の土地では驚くようなことでも、ここ京都ではまかり通ってしまう常識というのが確かにあるのだ。

れんげは自分を縛る常識の方にダメ出しをすると、気を取り直して虎太郎が話題に上げた子狐に想いを馳せた。

この居候《いそうろう》生活に戸惑いを覚えてしまう要因としては、クロの不在が大きい。

思えば最初から、あの図々しい子狐のおかげでれんげは虎太郎と二人の生活を意識している暇すらなかった。

緊張どころか一足飛びで、家族のような関係を構築してしまった感すらあった。

その子狐はといえば、平泉《ひらいずみ》から姿を消して以来、頑としてれんげに会おうとしない。

どうやら激情に駆られてれんげの力を使い過ぎてしまったことを、よほど後悔しているようだ。黒烏《くろお》によれば、修行を積んで力をつけるまで、れんげに会わないつもりのようである。

ところがこの修行というのが曲者《くせもの》だった。

クロはおのが力を磨くため、根の国に住むという伏見稲荷《ふしみいなり》の主祭神、宇迦之御魂大神《うかのみたまのおおかみ》の元で修行しようとしているという。

しかし根の国は、人が生きる此岸とは違う理《ことわり》が支配する世界。一度行ってしまえば、帰ってくるのは十年後かもしれないし、百年後かもしれない。

千年以上の時を生きる狐にはわずかな時間であろうとも、れんげにとっては己の一生を注いでもまだ足りないかもしれない悠久の時間である。

そんな二度と会えないかもしれない修行なんて、とてもではないがれんげは承服《しょうふく》できないのだった。

確かに、クロとは住む世界も違えば生きる時間も違う。今まで共に過ごしたことが奇跡で、戻ってきてほしいというのはおこがましいのかもしれない。

それでもれんげは、このまま一度も会えないままに、離れ離れになるなんて納得できなかった。

（このままお別れなんて、絶対にさせないんだから）

れんげはそう口の中で噛みしめて、ひっそりと決意を新たにしていた。

⛩⛩⛩

その日から、クロがいるはずの伏見稲荷神社に毎日通うという、れんげの愚直ともいえる作戦が始まった。

黒烏とは迂闊《うかつ》に近寄らないという約束をしていたが、どんなに考えても他に方法が思いつかなかったのだ。もはや残されたクロとの接点は、稲荷神社の総本山たる伏見稲荷大社だけだった。

そもそも約束をしたのは、クロが自分を避けていると知る前だ。知っていたら嘘でも同意なんてできなかっただろう。

大抵はひどく混みあうので、朝早く電車を使って伏見稲荷大社に向かう。

夏のバカンスだからか、あるいは夏休みの学生か、伏見稲荷神社はいつも盛況でかの千本鳥居《せんぼんとりい》は渋滞しているのが常だ。

そんな混雑を少しでも避け、れんげは早朝のまだ涼しい境内《けいだい》に入った。

白菊《しらぎく》の不興を買わないよう楼門《ろうもん》でお辞儀をし手水《ちょうず》で身を清める。

思えばこんな参拝の作法も、京都に来たばかりの頃は知らなかった。東京生まれ東京育ち、ついでに親族との縁も薄いれんげにとって、神社の教えの根幹をなす神道はひどく縁遠いものであった。

かつて一度だけ神前式に参列したことがあるが、思い浮かぶ関わりといえばそれくらいである。

だからこそ、自分がこの山の主祭神である宇迦之御魂大神の子孫だと言われても、ちっとも現実味がないのだ。

もっと信心深い家庭で育っていれば、あるいは恐れ多いとかありがたいといった感情を抱くことができたのかもしれないが。

――ケーン
――ケーン

そんなことを考えながら参道を歩いていたら、永遠のように続く鳥居の外から聞き覚えのある鳴き声が聞こえてきた。

猫がニャーニャー、犬がワンワンと鳴くように、狐の鳴き声は本当にケーンと言っているように聞こえるから不思議だ。

狐の姿は見えない。ただどこからか鳴き声だけが聞こえてくる。

参道を登りながら、れんげは目を皿のようにして、なにも見逃さないぞとばかりに森の中や鳥居の影を探した。

そのどこかに、自分が探し求める黒い毛皮が光るのではないかと、そうかすかな期待を抱いていた。

黒烏が祀られる三ノ峰、阿古町《あこまち》が祀られる二ノ峰、そして主祭神である小薄《おすすき》が祀られる一ノ峰は、お賽銭を投げて手を合わせ、特に念入りに子狐との再会を願った。

だが、息を切らしてお山をぐるりと一周しても、子狐は現れない。

黒烏の言葉が本当なら、避けられているのだろう。

もう二度と会えないかもしれないという思いが、れんげの心をいたずらにつつく。

彼女は既に汗だくで、ひどく息を切らしていた。

稲荷詣《もうで》は、階段の上り下りの連続である。二時間ほどで一周できる程度の距離とはいえ、その高低差は電車やバスでの移動に慣れたれんげの足に確実にダメージを与えていた。

かつて清少納言《せいしょうなごん》は、『枕草子』にて『うらやましげなるもの』の一つに伏見稲荷の七度詣を軽々とこなす女性を挙げている。

七度詣とはその名の通り、山の所々にある神蹟《しんせき》をめぐって、伏見のお山を七周することである。

一周しただけで膝が笑っているれんげからすれば、七周というのはまさしく気が遠くなるような数字であった。

平安時代には今のように整備された参道もなかったことを考えると、なおさらである。

「うう……」

七周は無理でも、せめて体力が続く限りは山に登ろうと考えたれんげは、増え始めた観光客と共に再び階段を上った。

時折瞬くフラッシュに気づくたび、写真に写ってしまわないよう気を使いつつ、一心不乱に上り続ける。

予想以上の参道の長さに途中で脱落する者もいれば、慣れているのか老人でも軽々と登っていく人もいる。

人が増えるほどに、鳥居の外の狐の気配はむしろ薄くなっていくようだった。ただまるで代わりのように、時折野良猫が現れて観光客に構われていた。

人に慣れているのか、猫は人間が近寄ってもすぐには逃げようとしない。おそらくは、人間に頻繁に餌をもらっているのだろう。

（前に登った時、こんなに猫いたっけ？）

山登りをする辛さからの現実逃避か、無意識にれんげの目はその野良猫に釘付けになる。ハチワレ頭に黒い毛皮。そしてお腹と足の先がまるで靴下のように白い。一瞬クロかと勘違いしそうになるが、そのしっぽは細くてまっすぐに伸びていた。クロがしっぽの先につけていた、宝玉も見当たらない。

猫はつまらなそうに顔を洗うと、切れ長の琥珀色の目でれんげを見た。まだ明るい時分だからか、その瞳孔は縦に細く伸びている。

だがそこで、驚くべきことが起きた。

猫はれんげを認識した途端、毛を逆立ててこちらを威嚇してきたのだ。それだけならまだ驚くほどではなかったが、れんげの目には猫の丸かった背がまっすぐに伸びて、まるで猫に化けていた狐が本性を現したように思えた。

『帰レ！』

この世の者ではない声が、耳の奥に木霊《こだま》する。

そんなことあるはずはないのに、目の前の猫が言っているようにしか思えない。

驚きのあまりその場から動けずにいると、近くを歩いていた観光客が歓声を上げた。

「猫だ！　かわいー」

その声をきっかけに、れんげは我に返った。

カシャカシャとシャッター音がして、女性を中心にその友人であろうグループが即席の猫の撮影会を始める。

するとと騒々しさを嫌ったのか、猫がぴょいと木の影に入っていってしまった。

「あー！　猫ちゃんが～」

残念そうにしながら、彼女たちは立ち止まったままのれんげを追い越して、先に進んでいった。

一方でれんげは、なぜか猫が姿を消した場所から目を離せずにいた。

消えてしまった白黒の猫がまるでクロのことを暗示しているような気がして、なんとも言えない気持ちになったせいだ。

もしかしたらクロはれんげに戻ってきてほしいなどと言われても、迷惑なだけかもしれない。

そんな弱気な考えが、つい胸をよぎる。

それでもしばらくすると、彼女は再び階段を上り始めた。

まるで自分にできることはそれだけだと、頑なに思い込んでいるかのようだった。

⛩ ⛩ ⛩

翌日からも、れんげの稲荷詣は続いた。そしてそれは同時に、猫に因縁をつけられる日々でもあった。

なぜか稲荷大社の敷地内で野良猫と遭遇すると、一様に毛を逆立てて威嚇されるのだ。ある時など、そのせいで猫を虐待していたんじゃないかとあらぬ疑いをかけられ、必死で弁解する羽目になった。

だが猫に嫌われる原因も、どうすればクロに会えるのかも分からないまま、徒《いたずら》に時間だけが過ぎていった。

テレビでは、地方局が盛んに祇園祭について取り上げている。

さしてお祭りに興味のなかったれんげでも、少し見に行きたくなってしまったほどだ。といっても、子狐がいたら行きたがるだろうなとか、考えることはやはりすべてがクロに係っていたのだが。

虎太郎は虎太郎で、先日から始めた和菓子屋のバイトで忙しそうにしている。祇園祭の時期は和菓子屋にとっても繁忙期だそうで、その慌ただしさは見ていて心配になるほどだった。

だが一方で、よほど仕事が楽しいのか虎太郎は毎日楽しそうに出かけていく。

ずっと仕事に打ち込んできたれんげにはそれが分かったので、特に口を出そうとは思わなかった。

それでも、彼が体調を崩すようなことがあればいつでも助けられるよう心構えはしていたが。

かつて恋人と同棲していた時は、古い付き合いのせいか相手をないがしろにすることも少なくなかった。

相手に手ひどく裏切られ、仕事も辞めて全てなくしてからようやくそのことに気がついたれんげである。

でも虎太郎に対しては、年が離れているからかどうしても姉のような気持ちになってしまう。やりたいことがあるのならば応援したいし、何か困っているのならば手を貸したいと思ってしまうのだ。

だが、京都に残ってほしいという虎太郎の願いだけは、未だに咀嚼《そしゃく》しきれずにいた。

それは虎太郎が、どんなつもりでその願いを口にしたのか分からないせいだ。

夢のために力を貸してほしいというのなら、和菓子について門外漢であるれんげの他に適任がいるだろう。営業に関しても同じことだ。れんげはあくまで海外の商品を国内に売り込む仕事についていただけで、それが虎太郎のビジョンとどう重なるのかうまく理解できずにいる。

ただ、彼が願うのならばできるだけの手助けはしたいし、自分の力が役に立つのならば手伝うのはやぶさかではない。

ただそれでは、距離感が分からない。

虎太郎に抱きしめられた時、一瞬頭が真っ白になって何も考えられなくなった。

あの時の自分が何を想い願ったのか、虎太郎には絶対知られたくない――れんげはそう思っていた。

いっそ本当の姉弟だったら、こんなに悩まずにすんだだろう。彼の望みに手を貸すのも、あるいは守ろうと思うのも当たり前だ。

けれど、実際に二人の間に血のつながりはない。赤の他人。それも出会ってまだ一年も経っていない者同士である。

なのに気にかかる。もらった恩を返したいと思っている。

そしてそれがどうにも悩ましく、胸がかき乱されるのはなぜなのかと、れんげは重いため息をついた。

ちょうどそのタイミングで電車が駅に到着したので、重い足を引きずるようにホームに降りる。

連日の山歩きで筋肉痛がひどい。虎太郎には一日くらい休んだらと言われたが、小薄の復活が迫っていると思うと一日も無駄にできなかった。

せめてそれがいつなのか具体的に教えてもらえれば――そうも思うが、今のところ黒烏にすら会えていないのだ。

どうしたものかと思いながら改札を抜けると、突然地鳴りのような音が響いた。

――おおぉぉぉ

老人の嘆きとも、赤子の産声ともつかぬ声が重なる。

れんげは思わずその場でたたらを踏んだ。地面が激しく揺れている。

「地震？」

思わず壁に寄り添い、自らの体を支えた。

これがただの地震ならば、被害の心配はありつつも自然現象として素直に受け入れることができただろう。

だがそうではないと、れんげは確信していた。なぜなられんげ以外の誰も、この地震を感知していない様子なのだ。

通勤通学のためホームにたむろする人々は、スマホを眺めたり学友と話し込んだりとさっきまでの態度を崩そうとしない。

れんげと同じように改札を出た人々もまた、動揺する様子もなくそのほとんどが伏見稲荷への道を歩んでいた。

れんげが揺れのせいで歩けずにいるのとは、大きな差だ。

「大丈夫ですか？」

改札横にある窓から、駅員が顔を出していた。

れんげだけが目に留まったというならやはり、駅員もこの揺れを感じていないのだろう。

しばらく歯を食いしばって揺れに耐えていたれんげだったが、その揺れは始まった時と同じようになんの前触れもなく、唐突に終わりを告げた。

周囲を見回すと、やはり何も変わった様子はない。

れんげはとりあえず駅員に礼を言うと、急いでその場を離れた。

なんだかとても、嫌な予感がした。

先ほどの奇妙な声ももう聞こえない。

伏見稲荷までの通い慣れた道を、観光客を追い越しながられんげは急いだ。

⛩ ⛩ ⛩

やっと大鳥居の前に辿《たど》り着いた時、れんげは目を疑った。

――伏見のお山から、巨大な巨大なしっぽが生えている。それも一本だけではない。その数は八本。色は金。まるで海中に揺蕩《たゆた》うイソギンチャクのように、各々のしっぽが好き勝手に動いている様が見て取れた。

「なにあれ……」

近づいてはいけないような気がして、思わず足が止まる。

騒ぎになっていないところから見て、やはりあのしっぽは自分にしか見えていないのだろう。

れんげはしばしその場で逡巡《しゅんじゅん》した。目的地はあのしっぽの根元にある伏見稲荷神社である。

だが平泉《ひらいずみ》でのことといい、鞍馬山《くらまやま》でのことといい、近づけば普通ではないことに巻き込まれるのは疑いようがなかった。

なかなかどうして、短期間のうちによくもまあこれほどの数の危険に巻き込まれるものである。

決して本意ではないのだが、それを言ったところで無謀なことばかりするれんげを見れば、誰も納得はしてくれないだろう。

『やれやれ、やはり来ていたか』

二の足を踏んでいたれんげのすぐそばに、いつの間にか黒烏が立っていた。

釣り目気味で整った白い顔立ちと、何より目を引くのは民俗資料館ぐらいでしかお目にかかれなそうな狩衣《かりぎぬ》姿だ。

だがいつもなら何かしら優美な文様が入っているはずのそれは、今は白無地であった。烏帽子とその中にまとめられた髪だけが黒々としている。

れんげは知らないことだが、それは浄衣《じょうえ》と呼ばれる白平絹の狩衣で、主に神事の際に用いるものであった。

木靴をはいた黒烏が一歩足を踏み出すと、途端に世界が変わったのが分かった。雑音が消え、まるで時が止まったようである。

動きあるものはすべて活動を停止し、停車していたタクシーのハザードランプも点滅を止めて点灯させたまま沈黙した。

まるで黒烏とれんげだけが、通常の世界から押し出されてしまったかのようである。


――おおぉおぉ！


そんな中で、再び先ほどの声とも音ともつかないものが響き渡った。

音に合わせて地面が揺れ、立っているのも辛いほどだ。

「一体何が起きてるの？」

思わずそう尋ねると、黒烏は手にしていた扇の先で件《くだん》のしっぽを指し示した。

『父上が目覚めかけておられる』

いつも飄々《ひょうひょう》としている黒烏が、今日はどこか張りつめた様子だ。

『それにしても、吾《われ》はお山に近づくなと言わなんだか？　下手をすればあれに飲み込まれかねんというに』

主祭神である宇迦之御魂大神《おすすき》の目覚めを前に、山全体も尋常ではない雰囲気で覆われているようだった。

だがれんげには、黒烏の言う通りにはできない理由があった。

「でも！　それじゃあもう時間がないってことじゃない。クロは目覚めた宇迦之御魂大神と一緒に、根の国にいくつもりなんでしょう？」

――おおぉぉぉ

だが、れんげの悲痛な叫びを飲み込むように、山を揺らすような呻《うめ》きが響いた。そして巨大なしっぽのうちの一つが、苦しむようにこちらに向かって振り下ろされる。

一瞬影が落ちて叩き潰されるかと思われた刹那、しっぽは見えない何かに弾かれて方向を変えた。

どうやら黒烏が、何がしかの対策をしていたようだ。

あまりにも常識の範疇《はんちゅう》からはみ出た光景にれんげは唖然《あぜん》とするよりほかなかった。

これではまるで怪獣映画だ。

そんな現実味のない感想を抱いていると、黒烏が鋭くれんげを睨みつけた。息も上がっている。どうやら現在の状況は随分と彼に負担をかけているらしい。

『迂闊《うかつ》に名を呼ぶな。気づかれる』

れんげは思わず口を押さえた。

己が名を呼んだせいで先ほどの災難を引き寄せたというなら、へたなことはできない、と一層の緊張を覚えた。

「でも、私は……クロが……」

なおも言い淀《よど》むれんげに、黒烏は大きなため息をついた。

『お前はもっと賢いかと思っていた。近づくなと、使いをやったろう？』

彼は失望したと言わんばかりにれんげを睥睨《へいげい》すると、閉じていた扇をバサリと開いて口元を隠した。

黒烏の言葉に、れんげはピンときた。

「まさか、あの猫たちは……」

れんげを見ると、途端に威嚇してきた猫たち。単なる偶然かと思っていたが、心当たりはそれしかなかった。

『ああ、吾が命じた。少しばかり手が離せなかったのでな。地上なれば、あれが一番目立たぬのよ。人間が与える餌目当てに命じずとも猫に化ける野狐《やこ》もいるほどだ。ほんの百年前なら人は吾ら狐をありがたがったというのに、時代は変わるということか』

黒烏は皮肉げに笑う。

『だが、どうやら威嚇程度で諦める相手ではなかったようだ。故に吾が直々にやってきた。早うここを立ち去れ！』

まるで吼えるように、黒烏が言った。

だがれんげも、おとなしく引き下がるわけにはいかない。クロが根の国に行く前にどうにか会わなければと、必死だった。

クロがれんげから逃げ回っている今、子狐との繋がりは目の前の高貴な神使《しんし》以外にはないのだった。

「なんと言われようと、私はもう一度クロに会うって決めたの。もう、自分だけが何も知らないまま大事なものを奪われるなんて嫌！　絶対に引き下がらない」

恋人も仕事も、いつの間にか失っていた。

何か前触れがあったのかもしれないが、れんげは忙しさにかまけてそれを見落としていた。

失ったものは二度と戻らない。どんなに嘆いたとしても。

だかられんげは、どんなにみっともなくとも最後まで足掻《あが》くべきだと思った。

そんなに簡単に諦められるくらいなら、そもそも京都に戻ってきたりなどしなかったのだから。

『勝手に決められても困るのだが……』

黒烏は不機嫌そうにそう言うと、もう一度これ見よがしにため息をついた。

『お前の意気はわかった。ならば感神院《かんじんいん》に行くがいい』

「〝かんじんいん〟？」

多少は京都の地理に慣れてきたものの、それは聞いたことのない地名だった。〝院〟がつくからには神社のように思われるが、生憎とそんな神社には聞き覚えがない。

『あの方ならば、もつれた糸も解きほぐせよう』

「あの方？」

『ああ。だがいくつもの顔を持つ方ゆえに、容易くはない。それでも行くか？』

黒烏の問いかけは妙だった。自らそこへ行くよう勧めているというのに、一方で行ってほしくはないとその顔は言っていた。

そしてなぜか、彼はれんげを心配しているように感じられた。

どうしてそんな風に感じられたのか――それは分からないが。

『分かったなら疾《と》く去れ。もう結界が保たぬ』

黒烏がそう言った刹那、れんげはまるで突き飛ばされたような衝撃を覚えた。

思わず尻もちをつき、気づくと黒烏の姿は消え失せていた。

山の上から生えていたはずの八本のしっぽも、気味の悪い呻き声も全ては幻だったかのように、いつもの伏見稲荷大社がそこにはあった。

「あの、大丈夫ですか？」

体調を気遣われるのは今日だけでもう二回目だ。

れんげは声をかけてきた観光客に礼を言うと、どうにか立ち上がり今日はまだ詣でてもいない伏見稲荷大社を後にしたのだった。

れんげのうわばみ日記　～ごはんや編～

ある日、れんげは虎太郎の従兄弟《いとこ》である谷崎《たにざき》の勧めに従って両替町《りょうがえまち》にある『ごはんや』という居酒屋を訪れていた。家の最寄り駅である丹波橋《たんばばし》駅からはだいぶ離れているが、烏丸《からすま》御池《おいけ》が近いので電車にさえ乗ってしまえば移動はそれほど大変でもなかった。

それよりも問題なのは、むしゃくしゃとした心の方だ。

連日の稲荷詣が崇って足は棒のようだというのに、クロの行方は杳《よう》として知れない。おとなしく谷崎の店に行けばいいのだが、そうするとどうしてもクロと一緒に行った時のことを思い出してしまいそうで、ならば以前教えてもらっていた店に行こうと決めたのだった。

(今日は……誰が何と言おうと飲むぞ!)

そんな意気込みと共に4―1出口から出て御池通りの最初の角を左に曲がると、いかにもオフィス街と言った感じの静かな通りに入る。本当にこちらで合っているのだろうかと不安になりながら、歩くことしばし。やけにおしゃれな餃子王将《GYOZAOHSHO》を通り過ぎると、巨大なNHK京都放送局の向かい側にその店はあった。

まるで民家のようなこぢんまりとしたたたずまいは、間口の狭いいかにも町家といった感じの建物である。

入口には『ごはんや』と書かれた暖簾《のれん》がかけられ、立てかけられた黒板には所狭しとメニューが書かれていた。

メニューには和食をメインとした酒のつまみによさそうな料理がいくつも並んでおり、思わず喉が鳴る。

引き戸を引いて中に入ると、外の静けさとは裏腹に客たちの心地よいざわめきで満たされていた。平日なのに随分と繁盛しているようだ。入れるだろうかと、少しの不安が襲う。

「お一人ですか？」

壁からひょっこりと顔をのぞかせたのは、四十手前ぐらいの眼鏡《めがね》をかけた男だった。

「はい」

「こちらへどうぞ」

そう言って案内されたのは、L字型になっている木のカウンター席で、右端の二席以外は満席だ。入れてよかったと思いつつ、れんげは掘りごたつ状になったカウンター下の座布団に腰を下ろす。床は掘りごたつ状になっていて、疲れた足を伸ばせるのが嬉しい。

「お飲み物はなんにいたしましょう？」

おしぼりを受け取りながら、れんげは酒類のメニューを一瞥した。ビールや焼酎などひと通りのものが揃っているが、谷崎のおすすめだと言うからにはやはり日本酒を頼むべきだろう。

「ええと、辛口で、なにかおすすめありますか？」

そう問えば、男は思わずといった感じで小さく笑う。

「ありますよ」

男が去ってしまうと、酒を待つ間れんげは手書きらしいメニューを眺めた。お腹も減っているから、今ならなんでも食べられそうだ。

『活鱧《はも》おとし』や『賀茂茄子《かもなす》田楽《でんがく》』など、ちらほらといかにも京都らしいメニューが載っている。

どうやら上賀茂野菜や鮮魚が売りのようで、メニューの充実っぷりはなかなかのものだ。

れんげはおでんの盛り合わせと揚げぎんなんを頼むことにした。それにしても、おでんの欄に書かれた『ひろうす』とはなんだろうかという疑問がわく。スマホで調べてみると、がんもどきのことだった。どうやら関西ではそう呼ぶこともあるらしい。

京都で暮らして大分経ったような気がするが、まだまだ知らないことが山ほどある。

そんなことを考えている間に、頼んでいたお酒とお通しが運ばれてきた。

一杯目は、赤いラベルの『秀一《しゅういち》』というお酒だ。裏にはお酒ができるまでのストーリーまで書かれている。『秀一』という名前は声優で有名な池田《いけだ》秀一氏から取ったものらしい。勘のいい人なら、それだけでどうしてラベルが赤い色をしているのか気づくことだろう。

勿論《もちろん》れんげにはその意味は分からなかったが、傾けた日本酒の味の良さならすぐに分かった。一瞬きつい印象だが、喉を通る時に果実のような吟醸香《ぎんじょうか》が鼻孔をくすぐる。

「これね、二百五十本限定なんですよ」

カウンターから声をかけられ驚いてもう一度ラベルを見る。

滋賀県の知らない蔵元だ。東京にいたらきっと飲めなかっただろう。こういう地方ならではの出会いがなんとも楽しい。

大事に少しずつ飲んだのだが、すぐに受け皿に零《こぼ》れた分まで飲み切ってしまった。

途中でやってきた熱々の揚げぎんなんとおでんを挟むと、なおさらお酒が進む。

厚さ十センチはありそうな大根は、箸を入れるとさほど力を入れずとも綺麗に割れた。固すぎず柔らかすぎず、ちょうどいいころあいだ。

味のしみた大根に小皿に盛られたからしをつけると、ピリリとアクセントがきいていい味だった。夏におでんを食べるというのも、なかなかにいい。

「次も辛口で、おすすめお願いします」

次は何が出てくるだろうかと楽しみに箸を進めていると、しばらくして出されたのは『建都　吟醸　大辛口』というお酒だった。

蔵元の城陽《じょうよう》酒造という名前には覚えがあった。谷崎の店である巨椋《おぐら》では京都のお酒に力を入れているので、城陽酒造のお酒もあったはずだ。その証拠に、裏ラベルの住所には京都府城陽市と書かれていた。

だがそれ以上に目を引いたのは、『蔵出し限定（限定１２０本）』の文字。

本当に飲んでいいのか不安になってしまう本数だ。

「えっとこれ、ものすごい高いなんてことあります？」

思わずそう尋ねると、店主は破願して見せた。

「どれも八百円だから大丈夫ですよ」

本当にいいのだろうかと思いながら、れんげは恐る恐るその酒に口をつけた。

なんとも味わい深く、のど越しはすっきりとしていて食事に合う。

こうしておいしいものを食べておいしいお酒を飲んでいると、疲れやささくれだった心が癒やされていくのを感じた。昔一人でお酒を飲んで何が楽しいのだと言われたことがあるが、一人の方がむしろ酒にまっすぐに向き合える気がするとれんげは思う。

貴重なお酒を大事にじっくりと味わう。時にはそんな時間も必要なのだと、れんげは心ゆくまで一人の時間を堪能したのだった。

二折

素戔嗚と牛頭天王

意外なことに、『かんじんいん』がどこであるかはすぐに分かった。

なにせ、スマホで『かんじんいん』と検索すればすぐに答えが出るのである。まさにスマホ様様であった。

「八坂神社かあ……」

そう。感神院とは、祇園にあるかの有名な八坂神社の旧称であった。

「えーっとなになに？　『八坂神社にはイザナキとイザナミの息子、素戔嗚尊《すさのをのみこと》が祀られている』か……」

素戔嗚ぐらいは、れんげでも耳にしたことがある。確か、ヤマタノオロチを退治した超メジャーな神様だ。

（でも、その神様と伏見稲荷の神様に一体どんな関係が？）

京阪電車の祇園四条駅の改札を通りながら、首を傾げたれんげである。

黒烏の助言に従い、彼女は伏見稲荷神社を後にしたその足で、すぐさま八坂神社へと向かった。

祇園四条駅から八坂神社は徒歩で五分ほどだが、観光客に人気のある通りであるため人が多くなかなか辿り着くことができない。

屋根のついた歩道を横に広がって歩く若者たちにイライラしていると、突然目の前に白い玉のような光が飛び込んできた。

「え？」

思わず声を上げてしまい、慌てて口を押さえる。

驚いたのか、前にいた若者たちが振り返っている。

だがれんげは、それどころではなかった。

なぜなら目の前に飛び込んできた玉から、突然ふさふさのしっぽと二つの三角耳が生えてきたからだ。

『れんげ様、お久しゅうございます～』

現れたのは東京で出会った白狐《びゃっこ》の天音《あまね》だった。

れんげの実家で怪奇現象を起こし、母親の心身を弱らせた原因だ。

（ちょっとこっちきなさい！）

れんげは周囲の視線を避けるように、さっと細い脇道に飛び込んだ。古い京都の街には、こういった脇道が無数に存在している。

（一体どういうこと？　なんであんたがここにいるのよ！）

れんげが驚くのも無理はない。なぜなら天音は、東京の稲荷神社を護る狐のはずだからだ。それが京都にいるというのは、どう考えてもおかしい。

もしやまた家族に何かしたんじゃないだろうなと追及するれんげに、天音は怯えるでもなくただ照れたように頬を掻いた。

『それがわたくし、実は先日京都に転属となりまして』

信じられない言葉に、れんげの目が点になった。

(転属?)

『はい! 全狐の憧れ、伏見稲荷大社で働くことと相成ったのであります!』

よほど嬉しいのか、天音は三本のしっぽを振り回す。

(そ、それはおめでとう……)

それ以外に、どう言えばいいというのだ。

目の前で無邪気に喜ぶ毛玉に対して、さすがにれんげもこれ以上疑いを持続させることはできなかった。

正直、その姿が、クロを思い起こさせたのだ。

色こそ違うけれど、れんげのことをそうやっていいように振り回すところは、どこかクロを思わせた。

生まれたばかりのクロと違って、おそらく天音の方がれんげよりも年上だろう。そもそも今まで読み漁った資料によれば、そもそも化ける狐は狡猾な生き物のはずであった。だが天音には、不思議とこちらの毒気を抜いてしまう無邪気さがある。

(……とりあえず、どうしてここにいるかは分かった。それはいいとして、どうして私の前に現れるの。もう用は済んだはずでしょう?)

落ち着いて尋ねると、天音は元気よく鳴き声を上げた。

『はい！　実は青木大神《あおきのおおかみ》様から仰せつかりまして』

（青木？）

一瞬それが誰を指すのか分からず、れんげは首を傾げる。

しかしすぐに、それが稲荷山の二ノ峰に祀られている神――つまり黒烏のことを指していると気づき手を打った。

（ああ、黒烏のこと）

すると今度は、照れ笑いを浮かべていた天音の方が目を見開く。

狐はイヌ科だが猫と同じ縦長の瞳孔をしている。なのでそれをされると純粋に怖い。

『なんと、恐れ多くも青木大神様を呼び捨てにするとは！　いくられんげ様が小薄様に連なるとはいえ、そんなことをしていては罰が当たりますぞっ』

鼻息荒く天音が言う。

（でも、黒烏を青木大神様って言うのなら、小薄様だって末広大神《すえひろおおかみ》様じゃないの？）

末広大神というのは、稲荷山の頂上、一ノ峰で祀られる神の名だ。宇迦之御霊大神の別名とされているが、どうしてそう呼ばれるようになったのかなど、詳しいことは分かっていない。

『え？　ええとーそれはー』

目の前の狐の目が泳ぐ。どうやら深くは考えていなかったらしい。

(じゃあ、あんたは間を取って黒烏様って呼べばいいんじゃない？　私は今まで通り黒烏って呼ぶから)

『なるほど～。分かりました』

れんげの投げやりな提案に、天音はどうやら納得したようである。

こんなにとぼけた狐だっただろうかと、れんげは乾いた笑いを零《こぼ》した。

『って、やっぱり呼び捨てにしてるじゃないですかー！　ダメですったら～』

涙目になった狐が肩に飛びついてきた瞬間、れんげはもうどうでもいいから放っておこうという結論に至った。

自分が八坂神社に向かっている最中だと気がついたのだ。

伏見稲荷と同じで二十四時間参拝可能とはいえ、できるだけ早く辿り着きたい。

そう決心すると、れんげは脇道から出て四条通を東に歩いていく。虎太郎にはお祭りの影響があるかもしれないから気をつけろと言われたが、混んでいるとはいえこの辺りはまだそうでもないらしい。

『わぁ、置いていかないでくださいよ～』

いちいち語尾を伸ばすからか、天音は狐の割にどこか抜けている印象がある。れんげは呆れてため息をついた。

有名な観光名所である花見小路《はなみこうじ》には目もくれず、直進することしばし。四条通の突き当りに、朱色の巨大な楼門が現れる。その門はつい先ごろ、平泉で見た毛越寺《もうつうじ》横の寝殿造《しんでんづくり》の邸宅を思わせた。おそらくは、当時の造りを踏襲しているのだろう。市街地は碁盤の目になっていて十字路ばかりなので、T字路が新鮮に感じられた。

おそらくは行き先が同じであろう人々と一緒に、横断歩道を渡ろうとしたところで再び天音が騒ぎ出す。

『れ、れんげ様！　まさかまさか、あのお社に入ろうなどと考えておりませんよね？』

天音の妙な言い回しに、れんげは思わず眉を顰める。

（考えてるけど、それがどうし――）

『おやめください！』

思考を大声で遮られ、げんなりとしながられんげは歩道を渡り終えた。もう楼門は目の前だ。白い壁に、朱塗りの柱。この楼門は正しくは西楼門であり、正門ではない。だが単体でも国の重要文化財に指定されており、屋根の下の垂木《たるき》や隅木《すみぎ》の先が太陽の光を浴びて金色に輝く様は、たとえ信心を持たない者でも思わず見入ってしまう美しさがあった。

（八坂神社って、素戔嗚を祀ってるんだよね。じゃあ歴史もすごく古そう）

信仰というものは、広まっていくにつれて細分化され、様々な願いに応じた神を生み出していくものである。

つまり原初の神に近いほど、それは古い信仰だと言える。

素戔嗚は、黄泉《あのよ》から逃げ帰ったイザナミが、川で鼻を洗った際に生まれた神だと『古事記』で言われている。直前には天照大神《あまてらすおおみかみ》と月読命《つくよみのみこと》が生まれており、二人はそれぞれに昼と夜の世界を治めるよう言いつけられた。

素戔嗚に与えられた国は、日本を取り囲む海原であった。

足を進めるれんげに、天音は更に言い募る。

『ここにいるのは異国の古き神です！　荒ぶる武塔《むとう》の神』

「むとうのかみ？」

思わず口に出して繰り返す。

なにせ、またしても意味の分からない単語が出てきたのだ。

れんげはだんだん嫌になってきていた。本来ならば、こんなところで立ち止まっている暇などないのだ。伏見稲荷大社では小薄が目覚めかけていて、クロは小薄と一緒にもう二度と会えないほど遠い場所へ行こうとしている。

もうどれほどの時間が残されているか分からない。

もしかしたら今この瞬間にも、目覚めた宇迦之御霊大神《おすすき》はクロを連れて根の国へ帰ってしまうかもしれないのだ。

だかられんげは、天音の言葉を無視した。

硬い表情で石段を登り、左右に随身《ずいしん》の木像が配された見事な楼門を、彼女は速足で潜り抜けたのだった。

⛩ ⛩ ⛩

——空気が変わった。

なぜだかそんな気がした。

左手にある手水舎《ちょうずしゃ》で手を洗い、掃き清められた石畳を先へと進む。

低い石段があり、その左右には狛犬が配されていた。街中にあるとは思えないほど青々とした木々が生い茂り、この場所が世俗とは隔絶された場所なのだと感じさせる。

一方で、境内には平日だというのに屋台が出ていた。

『ひぃ～』

天音は、がたがたと震えながられんげの肩にしがみついていた。三本のしっぽは怯える犬のように股の間に押し込められている。こういう時、三本もあるとかさって大変だなと思う。

(怖いならついてこなくていいから)

『そ、そういう訳にはいきませんよ〜』

涙目になりながらそう答える。こんなふうになりながらも黒烏の命令を守ろうとするあたり、職務には忠実なようだ。

クロだったらこんな時、きっと行きたくないと駄々をこねただろう。或いは他の神の神域だなどと気にもせずに、屋台の食べ物を食べたがるか。

あの子狐は狐の中でも規格外だったのだなと思うと、おかしいような寂しいような不思議な気持ちになった。

境内には更に小さな——小さいといっても、普通に人が潜れるサイズだが——鳥居がいくつかあり、その奥にはそれぞれ異なる神が祀られた社が立っていた。入ってすぐ正面にあるのが疫神社《えきじんじゃ》。その隣にある太田社《おおたしゃ》の前を通って左に曲がると、右手に蛭《えび》子《す》社が見える、といった具合だ。どれも、れんげにとっては耳馴染みのない神だった。

といっても、彼女にかかればほとんどすべての神が馴染みのない神様ということになってしまうのだけれど。

蛭子社は『えべっさん』と呼ばれ、商売繁盛の神として親しまれているという。七福神の中にいる鯛と釣り竿を持ったおじさんのことか、とれんげは思った。

更に先に進むと、ようやく舞殿らしき建物が見えてきた。

左手には『縁結びの神』と書かれた大きな看板が立てられ、いかにも日本神話らしい美豆良《みずら》頭の男性がウサギと向かい合っている石像がある。

一瞬この男性が素戔嗚だろうかと思ったれんげだったが、看板にはきっちり『恋愛の神・福の神　大国主社《おおくにぬししゃ》』と書かれていた。

ここは神様が多すぎる。まるで神様の集合住宅だ。

とはいえ、大国主社の奥の舞殿の更に奥にある本殿を見れば、ここがこの神社の中心地であることは明らかだった。庇《ひさし》から垂れ下げられた三本の綱に、人々が参拝のための列を成している。

同時に、舞殿の周りを何重にも人垣が囲んでいた。何事かと覗いてみれば、舞殿に三基の神輿《みこし》が安置されている。人々はそれを見るために集まっているのだ。

多くの人が神輿を見に集まっているが、だがそれ以外に、特におかしなことはない。

黒烏に言われて祇園感神院こと八坂神社に来てはみたものの、これからどうしていいか悩んでしまう。唯一気になることがあったとすれば、それは今もれんげの肩口にしがみついている天音の態度ぐらいであった。

だが、平和でいられたのはそれまでだ。

巨大な地鳴りがして、足元が激しく揺れた。れんげは転んでしまわないよう、慌ててその場で足を踏ん張る。

(朝と同じだ——)

伏見稲荷を訪れた時と同じように、その場で動揺しているのはれんげだけらしかった。どころかよくよく見てみれば、先ほどまでのざわめきが鳴りを潜め、人々はまるで時が止まってしまったかのように動きを止めているではないか。

『うわーん。こわいよう、こわいよう』

ついに恐怖が限界に達したのか、天音が泣き叫んだ。

白い毛皮が耐え難いとでも言いたげに首に巻きつく。れんげの喉から、絞殺されるアヒルのようなぐえっという声が漏れた。

「殺す気か!」

れんげは両手でどうにか離れまいとする天音の体を、無理やり振りほどいた。

そこにまるで雪崩《なだれ》のような大きな音が響く。

一瞬後に、れんげはそれが〝笑い声〟だと気がついた。

『かっかっかっ、これはまた珍しい客人もあったものよ』

現れたのは、とんでもない巨漢だった。なにせ頭一つどころか、れんげの倍は大きい。身長にすると三メートル近くあるのではないだろうか。

突然の大男の登場に、れんげは唖然《あぜん》とするほかなかった。こちらを見下ろしているのは、顔の三つある男だ。三国志を思わせる中華風の甲冑《かっちゅう》を纏《まと》い、冠には赤い角の生えた牡牛の首を載せている。

とてもではないが、日本の神とは思えない。彫りが深く、真ん中にある顔の目がぎょろりとこちらを見ている。

れんげは思わず、その場に崩れ落ちた。

危険を承知で来たものの、まさか街中でそれもこんな有名な神社で、こんな異形の神に出会うとは思ってもみなかったのである。

『こりゃいかん。どうやら驚かせてしまったようだ』

男は大気が震えるような笑い声をあげた。迫力のある見た目の割に、どうやら笑い上戸であるらしい。

「あ、あなたは……」

黒烏にああ言われたからには、人ならざる者が現れるかもしれないという予感はあった。だが、この八坂神社の主祭神は、日本神話に出てくる素戔嗚である。

なので出てくるとしても、美豆良を結った男性が出てくるものとれんげは無意識のうちに予想していたのだ。

そしてその予想は、見事に裏切られた。

驚いて呆然自失となっているれんげを妙に思ったのか、男が首を傾げる。

『はて。用があってきたのではないのか？』

そう言われて、ようやく我に返る。

（そうだ。こんなところで腰を抜かしてる場合じゃない！）

れんげは立膝を立てていた足でその場に正座して、石畳に両手を突いた。そしてそのまま勢いよく土下座する。

「ど、どうか私に、お力をお貸しください！」

神とは理不尽なものだ。京都に滞在した数か月間の間に、れんげは痛いほどそのこと学んでいた。

だが理不尽でもなんでも、今はその力に縋《すが》りたい。

クロともう一度会うためなら、土下座だってちっとも悔しくはないのだ。

『おやおや。そうまでして何を願う。人の子』

それは恐ろしげな見た目に反して、優しい声だった。

れんげが頭を上げると、ぎょろりとした三白眼と目が合う。ついでに頭の上の牛とも目が合った。どうやら牛は飾り物ではないらしい。

「あ、あの、それは……」

れんげはここで言い淀《よど》んだ。それは白菊や安倍晴明《あべのせいめい》相手でも物怖《ものお》じしない彼女にしてみれば、珍しい態度であった。

だが、目の前に大男が現れたとなれば、それもまた仕方のないことではあった。

『おお、恐がらせてすまんなあ。今は御霊会《ごりょうえ》の時期ゆえ、大陸の神の側面が強く出ておるのだ』

「大陸の、神？　それは、武塔の神ということですか？」

『それもまた一面である。そして祇園精舎《ぎおんしょうじゃ》を護る牛頭天王《ごずてんのう》もまた、儂《わし》の一面だ』

祇園精舎という言葉には、れんげも聞き覚えがあった。確か、平家物語の冒頭に出てくるお寺の名前だ。

れんげは知らないことだが、この八坂神社は古くから祇園社と呼ばれ親しまれていた。だがそもそもなぜこの地が〝祇園〟になったのかというと、それは牛頭天王がここに座したからこそであった。彼がいたからこそ、この地は祇園と呼ばれるようになったのだ。京都で有名な祇園の語源は、遠くインドの寺院に由来していた。

だが一方で、〝ごずてんのう〟という言葉には全く聞き覚えがなかった。

それもそのはずだろう。彼は一度、歴史から消された神なのだ。

廃仏毀釈《はいぶつきしゃく》という言葉がある。明治維新後の日本で、燃え上がった仏教を廃する運動を指す言葉だ。

この運動によって、たくさんの仏像や寺院が取り壊され、無残に打ち捨てられた。中でも薩摩藩などではその影響が特に大きく、一〇六六の寺院が残さず取り壊され、二九六四人の僧侶もすべて還俗《げんぞく》させられたという。なので現在の鹿児島には、仏教に由来する国宝や重要文化財が一つも存在しないのだと。

多くの寺院が残るこの関西も、この運動から逃れることはできなかった。そしてその影響を最も受けたのが、この『牛頭天王』という神である。

廃仏毀釈以前の八坂神社は、祇園社や感神院と呼ばれ、牛頭天皇も主祭神として人々に親しまれていた。

そもそもこの地には観慶寺《かんぎょうじ》というお寺があったのだ。その一部で祇園社が祀られるようになり、疫神を祀っていることから感神院と呼ばれるようになった。

だというのに、現在八坂神社の境内に牛頭天王を思わせるものは何も残っていない。

廃仏毀釈により仏教としての側面を消された感神院は、祇園精舎が語源と思われる祇園社という名前も使えなくなってしまった。そのため苦肉の策として、地名である八坂郷からとって八坂神社となったのである。

かつて八坂神社が祇園社であったことを今に伝える名残があるとすれば、それは一年で最も盛大に行われる祭の名前だけだ。

祇園祭——牛頭天王を祀る祇園社の祭礼だからこそ、八坂神社の祭礼は今なおこの名で呼ばれ続けている。

『そうとも。そもそもはこちらが本性ではあるが、人の子には恐ろしかろう』

厳つい見た目の割に、牛頭天王は気さくだった。

れんげは勇気を出して、牛頭天王に事情を説明した。

京都に来て、クロと名付けた子狐と仲良くなったこと。だがそのクロが突然、宇迦之御霊大神に従って根の国に行くと言い出したこと。二度と会えなくなるかもしれないから、どうにか子狐を止めたいと願っていること。

改めて口にしてみると、自分がひどく身勝手に思えるから不思議だ。

『なるほどなあ』

しかし牛頭天王は特に咎めるでもなく、私の話を聞き終えるとうんうんと頷いた。

『だがな、人の子』

しかし牛頭天王は、反論を投げかけてきた。

『人と神とでは、生きる時の長さが違う。たとえそのクロとやらが戻ろうとも、いずれ別れは来るのだ。黄泉比良坂を下れば、今度は己がクロを置き去りにすることになる。それでも、その子狐を現世に引き留めたいと望むか？』

その問いかけに、痛いところを突かれたような気がした。

れんげは人間だ。たとえ小薄様の子孫だろうがなんだろうが、寿命は普通の人と変わらない。

どんなに頑張っても百年前後。不摂生をしている自覚はあるので、もしかしたらそれより短いかもしれない。

一方で、あやかしの狐たちは千年以上の時を生き続ける。事実、黒烏や白菊はそんな気の遠くなるような時間を越えて、現代を神として生きているのだ。

――自分がクロを置き去りにする。

そのことを、れんげは今まで考えたことがなかった。

ずっと先のことだと断じるのは簡単だ。けれどそれはあくまでれんげから見た話で、クロから見ればまた違うのだろう。

れんげはちらりと天音を見た。

一体彼らは、今までどれほどの人の生き死にを見届けてきたのだろう。神社を護っていると言うからには、人の営みと密接にかかわり合って生きてきたはずだ。

黙り込むれんげを、牛頭天王は不憫《ふびん》そうに見ていた。

だが何かを思いついたのか、彼はれんげの返事を待たずに手を打った。

『それでは一つ、謎を出そう。その謎をお前が解くことができれば、ウカノミタマに話をつけてやろう』

考えに耽っていたれんげは何を言い出すのかと、大男を見上げた。

「でも、私はまだ答えが――」

『なに、答えなど急いで出すものではない。近頃人は急ぎ過ぎる。もっと時間をかけてよいのだ』

牛頭天王はそう言って呵々《かか》と笑うと、その大きな手のひらでまるで子供を相手にするかのようにれんげの頭を撫《な》でた。

頭を撫でられるのなど小学生の時以来だ。むず痒いような慣れない感触に、なんとも言えずその場に立ち尽くすことしかできなかった。

『ふむ。それで謎というのはだな――……』

その異形の神が語り始めた謎に、れんげはごくりと息を吞んだ。

⛩ ⛩ ⛩

「ただいま」

珍しく夜遅くに帰宅したれんげは、書店のロゴマークが入った大きな紙袋を重そうに抱えていた。

一体何があったのかと、虎太郎が不思議に思ったのも無理からぬことと言えよう。

ここ数日のれんげは毎日朝早くに出かけたと思ったら昼過ぎには帰宅して夕方には寝ついてしまうような生活を送っていた。

帰宅してみたらその姿がなく、心配になって連絡を入れようかと悩んでいた時に、ようやく彼女が帰ってきたのだ。

れんげの持ち帰った紙袋は、破けないよう二重になっており、その中には何冊もガイドブックが入っているのが見て取れた。

元々気分転換で京都に来た割に、今まであまり観光地に興味を示さなかったのにもかかわらず。

しかしなによりも虎太郎を驚かせたのは、いなくなった黒狐の代わりに現れた優美な白い狐であった。

「ええと……そちらさんは一体……？」

『初めまして。黒烏様より遣わされた天音にございます～』

天音と名乗った狐は、二本足で立ち上がり、優雅にお辞儀してみせた。

「は、はあ……あ、初めまして。俺は穂積《ほづみ》虎太郎っていいます」

つられて虎太郎もぺこりと頭を下げる。

突然新たなあやかし狐をつれてきたれんげは、疲れた表情で座布団に座りこきこきと肩を鳴らしていた。

「なんかやけに肩が重いんだけど、もしかしてあんたがずっとくっついてたからじゃないでしょうね？」

れんげの容赦ない指摘に、天音は心外だとばかりに三角耳を閉じたり開いたりした。

『そんなことしませんよ～』

この返事には、れんげも気が抜けたのか言い返すことはなかった。

「ごめんね虎太郎。いつも変なのばっかりつれてきちゃって……」

「や、それは別にもう慣れたと言いますか……」

とはいえ、流石に義経と弁慶を平泉へ送り、東京から戻ってきてこんなにも早く新たな客人が現れるとは思っていなかった。れんげが京都を離れていた間の静けさが、嘘のようである。

「それで、何か進展があったんですか？　クロちゃんのこと」

虎太郎が気になったのは、れんげが新たに連れてきた狐よりも、姿を消してしまった子狐のことであった。

クロと会う方法が分からず、焦りから口数が少なくなっていたれんげの雰囲気は、今日の様子を見るに少し和らいだように感じられる。

しかし、今更どうしてこんなに大量のガイドブックを買い求めたのか、その理由も気になるところだ。

虎太郎の問いに、やけに疲れた様子でれんげは語り始めた。

いつものように伏見稲荷大社に行ったところ、黒烏に八坂神社の神を頼るよう言われたこと。そして実際に行ってみたところ、牛頭天王を名乗る大男が出てきたこと。

「牛頭天王、ですか」

「知ってる？　私てっきり、八坂神社の主祭神は素戔嗚だと思ってたんだけど」

「俺も詳しくは……。ただ、蘇民将来《そみんしょうらい》のお話に出てくる神様がそんな名前やったと思います」

「そみんしょうらい？」

聞き覚えのない単語に、れんげは首を傾げる。

「ええっと確か、牛頭天王がお嫁さんを探す旅をしている時に、ある兄弟に出会うんです。弟の巨旦《こたん》はお金持ちなんですが、宿を頼んだ牛頭天王を追い返すんです。一方で兄の蘇民将来は、貧しいながらに精一杯おもてなしをして、その後牛頭天王は無事お嫁さんを見つけて故郷に帰るんですが、その時自分を手ひどく追い払った巨旦を殺し、一方でよくしてくれた蘇民将来には、自分は疫病神になるのでその被害に遭わないよう、子孫代々蘇民将来の子孫と名乗り、茅の輪《ちわ》を腰に巻くよう言いました。それが、今も残っている茅の輪くぐりのルーツだと」

「茅の輪？」

「夏越《なごし》の祓《はらえ》――毎年六月の三十日に、神社の鳥居を潜るところに茅でできた大きな輪っかを取り付けるんです。それを潜って、無病息災を祈るんやったと思います」

話を聞いてれんげは黙り込んだ。

まず、昼間会った気さくな牛頭天王と、その自分に親切にしなかったからといって、巨旦を殺してしまったという話が、頭の中でうまく一致しなかったのだ。

しかも虎太郎の言う言い伝えが正しければ、今の牛頭天王は疫病の神様と言うことになる。どうしてそんな神様が、あの有名な八坂神社にいるのか。

考え込むれんげに、しびれを切らした虎太郎が口を開いた。虎太郎が最初に尋ねた質問は、今も宙に浮かんだままになっていたからだ。

「それでれんげさん。その牛頭天王はクロちゃんについて一体なんて言ってきはったんですか？」

「『星』を探せって」

端的な回答に、虎太郎は首を傾げた。

「祇園祭から、『あってはならない星』を探し出せって言うのよ。一体どういう意味なんだか……」

牛頭天王から出された謎に、れんげは少なからず参っていた。

それでも闇雲に稲荷詣を続けるよりはましだろうと、祇園祭を調べるためにこうして大量のガイドブックを購入してきたというわけなのだ。

今の時期、京都の書店はどこも祇園祭についての書籍を前面に出して展開している。

いくつもの書店を回ってそんな本を手当たり次第に購入するうち、こんな時間になってしまったという訳だ。

「虎太郎、なにか星って言われて思い当たるものってある？」

今度は虎太郎が、眉を顰めて唸る番だった。

「えーっと、月鉾の上についてるのは月やから、やっぱ星とは違いますよねえ……」

「天体って意味なら月も星の一つではあるけど、仮にも神様がそんなふうに解釈するとは思えないわね」

「ですよね」

虎太郎が苦笑しながら、己のくせっ毛をぐちゃぐちゃとかき混ぜている。

「まあいいわ。疲れたからお風呂頂くね。虎太郎はもう入ったの？」

「ああ、いやまだ焚《た》いてなくて」

「ああ、シャワーで済ますから大丈夫」

そう言って紙袋を持ち部屋に引っ込んでしまおうとするれんげを、虎太郎は呼び止めた。彼女の話を聞くばかりで、自分の要件を話し忘れていたことに気がついたのだ。

「あ、れんげさん！」

「ん？」

呼び止められたれんげに合わせて、その後ろをついてきていた天音もまた振り返る。

暗い畳の部屋の中で、白い三本のしっぽがゆらゆらと揺れていた。

「あの、その、実はお願いが……」

「お願い？」

呼び止めたはいいものの、虎太郎は本当にこんなことをお願いしていいのだろうかと、迷うように視線を泳がせる。

一体どうしたのだとれんげが問いかける直前、虎太郎はようやく覚悟を決めたかのようにちゃぶ台の上に小さな清酒の瓶を置いた。

「あ、あの！　どうしても買いたい和菓子があるんですけど、代わりに買ってきてもらえませんか？」

その表情は、れんげが今まで見た中で一番必死に見えたのだった。

⛩ ⛩ ⛩

虎太郎からの依頼は、一年に一日だけ発売される和菓子を買ってきてほしいというものだった。なんでも、店舗販売限定らしく予約も受け付けていない超希少な和菓子なのだとか。

なにもそんなに気を使わなくてもいいのにと思いながら、れんげは虎太郎からの賄《わい》路《ろ》の日本酒片手に依頼を請け負った。

虎太郎にはいつも世話になってばかりなので、返せるチャンスがあれば少しでも返したいとれんげは思っていた。

幸い、頼まれた和菓子の発売日まではまだ時間があった。

翌日、いつもの早起きをやめたれんげは、これでもかと買い集めたガイドブックを読み漁った。

分かったのは、祇園祭がれんげの常識を超えた規模のお祭りであるということだ。

そもそもその起源は、疫病の流行を治めようとに神泉苑で行われた御霊会《ごりょうえ》が起源だとされている。八六九年には「祇園御霊会」として（現在でいう）八坂神社に、当時の国の数と同じ六十六本の鉾が立てられた。その鉾に車輪を付けたものが、祇園祭の山鉾になったそうだ。

だが、牛頭天王から出されたお題である『星』についての手掛かりは、何も得ることができなかった。

分かったのは、山鉾の一つ一つに動く美術館と呼ばれるほど様々な装飾がなされているということ。その一つ一つに歴史や謂れがあり、ガイドブックだけではどうしても把握しきれないという事実だった。

祇園祭にはもちろん神輿もある。中御座《なかござ》、東御座《ひがしござ》、西御座《にしござ》と呼ばれる三基だ。

しかしそれを、れんげは既に目にしている。目の前にあった神輿から星を探せというのは、どうにも妙な気がする。

れんげは目の前に地図を広げた。山鉾の数は全部で三十三。山鉾こそないものの、二〇一九年から巡行に復活することになった鷹山の会所を含めると、全部で三十四になる。

ガイドブックによると、山鉾は毎年お祭りのために組み立て、巡行が終わるとすぐに解体されるという。組み立てが始まるのは十日前後からとのことで、今日は十二日なので作業の真っただ中といったところか。

それにしても、毎年一から組み立てるなんてなんとも手間がかかる。お祭りの期間が一か月あるというのも納得だ。

二〇一四年からは『前祭《さきまつり》』『後祭《あとまつり》』という制度が五十年ぶりに復活し、一度に巡行していた山鉾巡行が、二回に分けられるようになった。なので今組み立てが始まっている山鉾は前祭の二十一基。残りは前祭の巡行が終わってからということになる。

れんげは頭を抱えた。全てを自分の目で見ようと思うと、半月以上の時間がかかってしまう計算だ。

伏見稲荷での差し迫った様子を思えば、それほど時間が残されているとは思えなかった。小薄様の目覚めまではもう時間がない。そしてクロがいつ、彼に従って根の国に行ってしまうかも分からないのだ。

「一体、どうすれば……」

れんげが唸《うな》っていると、それに反応したのか天音が呑気《のんき》な顔をして近づいてきた。

自らお目付け役を自認する割に、昨日から助言をくれるわけでもなく、どこかぼんやりとした様子が抜けきれない狐である。

「ねえ、あんたはなんか意見とかないの？　黒烏から私の様子を見ておくように言われてるんでしょ？」

その言い方は、半ば八つ当たりに近かった。

手掛かりの少なさと残り時間のなさで、れんげは焦っていたのだ。

しかし天音は特に気にする様子もなく、ぺろぺろとしっぽの毛づくろいをしていた。白銀の毛並みを保つためには、普段のケアが重要らしい。

『そんなこと言われましても、わたくしはれんげ様を見張っておくようにと命じられただけですし……』

万事そんな調子なのだ。なんにでも首を突っ込もうとしたクロとは大きな違いだと、れんげは思った。

「じゃあ、見てさえいれば私が何しても気にならないってこと？　たとえば黒烏を罵倒したり、白菊に喧嘩を売っても」

『そ、それはさすがに困ります！　お二方とも今は忙しくなさっておいでで……』

さすがに慌てたのか、天音が毛づくろいをやめてこちらに近づいてきた。

「忙しいって――それは例の小薄様が原因なの」

れんげは昨日の出来事を思い出す。まるで暴れる八岐大蛇《やまたのおろち》のように、八本のしっぽが稲荷山の頂上から生えていたその光景を。

『そうです。こちらに配属になったばかりでわたくしにもよく分からないのですが、小薄様の目覚めが間近に迫り、対応に追われているご様子でした』

配属という言葉を改めてあやかしらしくないなと思いつつ、れんげは天音から視線を外して遠くを見やった。

昨日会った際、黒烏はまるで人間の神職にあるかのような白い狩衣姿だった。洒落者の彼らしくなく、弟だと主張するどこぞの陰陽師のようだった――。

そこまで考えて、れんげは突然勢いよく立ち上がった。すわ何事かと、天音が目を真ん丸にしてこちらの様子を窺っている。

「そうだ、まだ安倍晴明がいた！」

そういうわけで、れんげは〝星〟について相談するため、既におなじみとなった晴明神社へと向かった。

『まったく。お前はいつもいつも厄介ごとを持ち込みおって』

今日も今日とて、安倍晴明は不機嫌そうだった。

最後に会ったのはまだ赤ん坊だった義経を連れていた時である。迷惑をかけているのは承知の上だが、こちらも他にあてがないのだ。

「まあそう言わずに、どうぞこちらをお納め下さい……」

⛩ ⛩ ⛩

場所は安倍晴明を祀る清明神社である。晴明がなにか仕掛けでもしているのか、参拝客はれんげ一人だけで鳥居の外の道を車が通り過ぎることすらない。

そんな中で、れんげはそっと細長い袋に入った一升瓶を差し出した。

用意したのは、水色の瓶が目にも涼やかな玉乃光《たまのひかり》酒造の『夏生《なつなま》』だ。

肩ラベルに赤字で印字された『祝《いわい》』の文字が、まるで金魚鉢を泳ぐ金魚のように見える。京都で栽培された酒米『祝』を一〇〇パーセント使用した、地元でしか飲めない純米吟醸の生原酒である。お店で試飲させてもらったので味については間違いない。

晴明はいそいそと酒瓶を袂に入れると——一升瓶を入れたにもかかわらず袂のふく

らみは軽やかなままだった――、何があったのかと聞いてきた。

なのでこれまでのことを説明すると、晴明は呆れたような顔をして、深々とため息をついたのだった。

『牛頭天王に直談判したじゃと？　それでよくもまあ無事帰ってこれたもんじゃ』

「そんなに危ない神様なの？」

見た目は別として、性格は結構気さくで親切だと思うのだが。

『危ないも何も、ありゃあもともと疫神《えきじん》じゃぞ』

「えきじん？」

『人々に災いをもたらす神じゃ。特にあれは疫病《えきびょう》をはやらせる』

そう言われても、れんげはいまいちぴんと来なかった。というか、どうしてそんな厄介な神様を、人々はありがたがって祀っているというのか。

そんなれんげの考えを読んだかのように、晴明はつらつらと語り始めた。

『御霊会の起源は、祟る神が問題を起こさぬようお祀りすることにある。牛頭天王はその伝説の性格上、蘇民将来の子孫だと知らせれば病から逃れられるという救いの一面を持っておる。ゆえに人々は五節句に巨旦の体に見立てた供え物をし、『蘇民将来子孫也』と書かれた札を持って疫病という災いから逃れんとするのじゃ』

「ちょっと待って。巨旦の体に見立てたお供え物って何？　そんな野蛮なもの備えてる人見たことないけど」

　虎太郎から聞いた昔話によれば、巨旦とは牛頭天王を泊めずに追い返した長者の名前だ。れんげの常識からいえば、突然泊めてくれとやってきた異形の巨漢を追い返した巨旦がそれほど悪いとも思えないのだが、結局は牛頭天王によって五体を引き裂かれるという悲惨な目に遭《あ》っている。

『何を言うか。一月一日には紅白の鏡餅を巨旦の骨肉に見立て、三月三日の蓬で作った草餅が巨旦の皮膚となる。五月五日の菖蒲のちまきは巨旦のひげと髪。七月七日の小麦の素麺は巨旦の筋、そして九月九日黄菊の酒は巨旦の血脈を現すものじゃ。他にも、蹴鞠の鞠は巨旦の頭。的は巨旦の目。門松は巨旦の墓じるしじゃ』

　全てが残っているわけではないが、折々の何気ない行事が牛頭天王にも結びついたことに、不思議さを覚えるれんげなのであった。

『まあよい、それで、牛頭天王は確かに星を探すよう言ったのだな？』

　この言葉ですっかり話が本題から逸れてしまっていたことに気がつき、れんげはこくりと頷いた。

「何か思い当たらない？」

『星……星なあ。星と言えばやはり陰陽道じゃろう』

「陰陽道？」

『左様。儂ら陰陽師は星を読んで暦を造る。その暦に方角を合わせ吉凶を占い、人が生きるべき道を示すのだ。いわば星の専門家だな』

意外な思いで、れんげは晴明を見た。

彼女にとって陰陽師というのは、映画や小説の中に出てくるお札を飛ばして妖怪や幽霊を倒すゴーストバスターのような存在だったのだ。

だが実際にはもっと地味で、もしかしたらデスクワークの多い事務か、或いは学者のような仕事だったのかもしれない。

『さて、牛頭天王で星と言えば、やはりその八人の息子たちじゃろう。彼ら八将神《はっしょうじん》はそれぞれが己の司る星を持っておる。一人目太歳神《たいさいじん》は歳星《もくせい》。二人目大将軍は太白星《きんせい》といった具合じゃ』

正直なところれんげは晴明の言葉の意味を半分も理解できていなかったが、牛頭天王に関わる星があるということはそれこそ探していた手掛かりに違いないと思い、真剣に話に耳を傾けていた。

だからこそ、立て板に水といった調子で話していた晴明が、一瞬目を泳がせたことにもすぐに気がついた。

『じゃが、これには一つ問題があってのう……』

「問題？」

『ああ。確かにそれぞれに割り当てられた星があるにはあるのだが、七人目の黄幡神《おうばんしん》が司るとされる羅喉星《らごうしょう》と、末の豹尾神《ひょうびしん》の計都星《けいとしょう》は実在しない星とされておる。だから、単純に空にある星を見つけろという話でもないいんじゃろうなあ』

そう言って、晴明は一人で納得してしまったようである。

だが、そこで放り出されては困ってしまう。れんげは必死で食らいついた。

「ないいんじゃろうなあじゃなくて、じゃあどうすればいいの？」

れんげは焦っていた。子狐へとつながる細い糸は、ここであきらめてしまえば簡単に途切れてしまう。そんな気がした。

『まあ、待て。そう焦るでない』

面倒そうに宥《なだ》められて、冷静になれという方が無理だ。

『焦るなって言ったって、クロがいついなくなるかも分からないのに……っ』

『れんげ様……』

天音はそわそわとしっぽを揺らし、一方で晴明は動揺露わなれんげを物珍しそうに見つめていた。

『れんげ、お前変わったな』

「私が、変わった？」

『ああ。お前はいつもどこか冷めていた。無意識かもしれんが、常に冷静であることを己に課しているようじゃった』

晴明の指摘は、思ってもみないものだった。自分としては、冷静でいられたとはとても思えない。

なにせ元カレの事件でも天狗の赤ん坊を拾った時も、晴明に世話になるのはいつも何かに振り回されている時なのだ。だからいつも、起こった出来事に対処するだけで精一杯だった。

けれど晴明がそう言うからには、自分の中で何か変わったところがあるのだろう。義経との別れを経て変わったのか、それとも消えたのがあのクロだからなのか。あるいはその両方か。

確かに今、なりふり構わなくなっている自分を、れんげは自覚していた。

それは、もう後悔したくないからという理由が大きい。強がって誰かを頼ることなどできなかった過去。

そのせいでれんげは、大切なものをいくつも失った。

もう何も、失いたくないのだ。もし自分が恥をかくくらいで願いが叶うなら、そんなものいくらでもかいてやると思った。

今のれんげは、失った時の痛みを知っているから。

いつも不機嫌そうな顔をしている晴明が、なぜかうっすらと笑ったような気がした。

『よろしい。まず初めに、この世は鶏卵のようなものであった。そこに盤古《ばんこ》という王が生まれた。その左目は日光となり右目は月光となった。盤古王は五人の妻との間に五人の龍王をもうけ、その龍王が更になした子供を十干《じっかん》、十二支、十二直《ちょく》、九図《きゅうず》、七《しち》星神《せいじん》と呼ぶ。彼らの星がどの位置にいるかで、儂ら陰陽師は吉凶を占う。だがそれだけで不十分であれば、二十七宿《にじゅうななしゅく》を用いて――……』

それから延々と続く晴明の講義を、れんげは聞かされる羽目になったのだった。

帰り道、晴明にもう星の話はすまいと、彼女は心に誓ったとか誓わなかったとか。

虎太郎の甘味日記　～新しい風編～

念願のアルバイトを始めた虎太郎の日常は、多忙を極めていた。

進学を取りやめたため学業自体はそれほどでもないのだが、将来のためにアルバイトのシフトを多く入れていることと、以前にも増して和菓子研究に力を入れているのがその原因であった。

そんな虎太郎を熱狂させたのは、京都駅に直結する伊勢丹の地下一階食品フロアのリニューアルオープンである。

開店前はどんなテナントが入るか分からず、もしや和菓子スペースが削られるのではないかと悶々とする日々を送っていたのだが、予想はいい意味で裏切られた。

新しくオープンした食品フロアは、増床され新しい和菓子屋が多数出店していた。

（マ、マジか～）

だがなんといっても、虎太郎を驚かせたのは老舗和菓子屋が新たに出店する新ブランドの数々だった。

宝暦五年（一七五五）創業の俵屋《たわらや》吉富《よしとみ》が手掛ける『といろ by Tawaraya Yoshitomi』。

とろとろのわらび餅でメディアに取り上げられることも多い笹屋昌園《ささやしょうえん》の『凛旬果《りんしゅんか》』。

創業三百年を誇る笹屋伊織《ささやいおり》が出店する『十代目伊兵衛菓舗《いへえかほ》』。

井村屋が出店する『井村屋 和涼菓堂《わりょうかどう》』は、あずきバーのノウハウを生かし味も見た目にもおいしいアイスを多数販売する。

他にも千寿せんべいで知られる『鼓月』がどら焼き専門店を出店していたり、以前本店まで買いに行った『UCHU wagashi』が新店舗を出店していたりと、虎太郎にとってはまさに楽園といってもいいような光景がそこには広がっていた。

見たこともない限定商品の数々に、早足で歩きまわってはあれも食べたいこれも食べたいと目移りするばかりだ。

（百貨店はさすがやなぁ。こんなに新しいもんをどんどん……）

和菓子の道に進むと決めた虎太郎であるが、その道筋はまだきちんと定まってはいない。一度は職人になろうと思ったりもしたが、今はそれよりも顧客のすそ野が広がる方が大事だと考え、営業の道を志すようになった。

今はアルバイトでお客さんに和菓子を届けたり、店頭に立って販売をしたりの毎日を送っている。

おかげで客としてお店に通っていた頃は見えなかったものが、色々と見えてきた。

近年、京都は日本の観光立国政策の波に乗り、外国人観光客数が過去最高を記録し続けている。

街角に立てば多種多様な言語を耳にし、バスの中はオンシーズンを終えてもすし詰め状態といった状況だ。

それゆえ、近年では日本人の京都離れまで起き始めており、和菓子業界も日本人だけを対象とした和菓子作りをしているわけにはいかなくなってしまったのである。

もともと和菓子は食べる芸術と言われるほど見た目に凝ったものが多いが、茶道と密接に関わりあってきた来歴から調和を大切にし、淡い中間色のものが多く、原色を用いた色鮮やかなデザインは少なかった。

だが、外国人観光客が相手となるとそうとばかりも言っていられない。特に中国人観光客などは鮮やかな赤系統の色を好む。

だからというわけではないのだろうが、最近では今までの和菓子にはなかったデザインや色彩のものが増えている。

それらは見た目にも楽しく、虎太郎が和菓子にどんどんのめり込んでしまう理由の一つかもしれない。

そもそも老舗とは、時代時代に対応して変わり続けてきたからこそ、今に残っているのだと、最近とみに感じるようになった虎太郎である。

（まあそんな小難しいことは置いといて！）

分厚い眼鏡をきらりと光らせて、虎太郎は今日の〝おみや〟を選ぶべく物色を始めた。

残念だが、この後寄るところがあるので、アイスは却下しなければならない。この場で食べてしまうのならばいいが、彩りが美しいのでぜひ家で落ち着いて食べたい。

そんな時、虎太郎の目が吸い寄せられたのは『といろ by Tawaraya Yoshitomi』のショーケースに並べられた可愛らしい干菓子の数々だった。

中でも特に気になったのは、『月の色』と題された琥珀糖と落雁のセットである。

どうしてそれが気になったのかと言えば、それが祇園祭をテーマにして作られた和菓子だったからだ。

琥珀糖はまるで山鉾から吊り下げられた提灯《ちょうちん》の明かりを思わせる橙《だいだい》と赤の市松模様になっており、落雁の方は鉾そのものと、赤い網隠しを象っている。網隠しというのは、真木《しんぎ》と呼ばれる高い柱の取り付けられた鉾と呼ばれる山鉾にのみ用いられる装飾で、屋根上部の真木の土台部分にかけられる、三角錐《さんかくすい》状の赤い布を言う。

この時、虎太郎は雷に打たれたような衝撃に襲われた。

（そやった！　今は祇園祭限定の和菓子の季節やった。忙しすぎて忘れとった）

虎太郎は頭から血の気が引いていくのが分かった。

なぜなら、この時期しか発売されない祇園祭限定の和菓子は、かなりの数に上る。

中には山鉾巡行に行かねば買えないものや、一日しか販売されないものまであるのだ。

今年こそそれらを買いたいと思っていた虎太郎だったが、アルバイトのシフトを考えるととてもではないが買いに行けそうにない。

虎太郎は腕組みをして唸った。

店の前で不審な行動を繰り返す長身の男の存在に、店員の笑みがわずかに引きつる。

（そないな暇ないって、そんな場合やないって分かってるけど……れんげさん買ってきてくれへんかなぁ）

思わず同居人を頼りたくなった虎太郎である。

とりあえず彼は、賄賂という訳ではないが『月の色～祇園祭～』一箱と、途中日本酒の小瓶を買って帰路についたのだった。

三折　星を探して

さて、安倍晴明の長話に付き合わされた挙句、これといった手掛かりを得ることができなかったれんげは、直接山鉾を見て回るため市街地を訪れていた。

バスはいつも以上に混んでいるからという虎太郎の助言に従い、烏丸《からすま》線に乗り換え、四条駅で下車。五番出口から出て、まずは離れた場所にある保昌山《ほうしょうやま》から地図上を時計回りに山鉾を攻略していく腹積もりだ。

昨日一日を浪費してしまったので、今日は七月十四日。巡行の前の前の前の日と言うことで、俗に宵々々山と呼ばれる。

今日から四日間。十五日の宵々山と、十六日の宵山、そしてその翌日に行われる前祭山鉾巡行が、祇園祭でも最も混みあう期間なのだそうだ。

前祭と後祭が分けられる前は、街中に三十三の山鉾が一堂に会していたというからさぞ賑やかだっただろう。

とはいえ前祭に参加する山鉾の数は全部で二十三基。三日間でその全てを回るというのは骨が折れそうだ。

地上に出ると、むっとした熱気が肌にまとわりつくようだった。七月とはいえ、京都の街にはもうすっかり夏がきている。

保昌山は山鉾が集まっている区画とは少し離れているためか、思ったほど混みあってはいない。明日の夜になればこの辺りにも出店が出て道路は軒並み歩行者天国になるはずで、それまではまだ日常を続けているんだなとれんげはぼんやりと思った。

目的の保昌山を目指していると、途中にある祠で突然天音が反応を示す。

『れんげ様！　このお社から牛頭天王の匂いがします。それに狐の匂いも～』

祠の横には、石の柱に『八坂神社　大政所御旅所《おおまんどころおたびしょ》』と書かれていた。立札を読むと、なるほどこの近くにはかつて、神輿が渡御《とぎょ》する御旅所が置かれていたらしい。なんでも円融《えんゆう》天皇の時代、この近くにある東洞院高辻《ひがしとういんたかつじ》に住む秦助正《はたのすけまさ》の夢にお告げがあったそうだ。翌朝目が覚めると、庭の狐塚から祇園社本殿まで蜘蛛の糸が続いていたという。円融天皇も同じ夢を見ていたことから、助正の家は御旅所になり、助正は神官として任じられた。

蜘蛛の糸が続いていた狐塚は蜘蛛塚と呼ばれ祀られていたらしいが、現在ではどうやら取り壊されてしまったらしい。天音が言う狐の匂いというのは、おそらくその狐塚に由来するものだろう。

（確かに牛頭天王にも狐にも関わりがある場所みたいだけど、残念ながら『星』は関係なさそうね）

れんげがなんの気なしにそう言うと、役に立てなかったことが悲しかったのか天音がしょんぼりと項垂《うなだ》れてしまった。

いつも一緒にいたクロはなかなかへこたれるような性格ではなかったので、これにはれんげも焦ってしまう。

（で、でも！　実際に関わりはあったわけだし、これからも気がついたことがあったらなんでも言って。私はあなたたちの姿が見えるだけで、何かを探すような能力は持ってないから、天音がそうしてくれるとすごく助かる）

必死にフォローすると、気を取り直したのか萎《しお》れていた天音のしっぽもすぐに元気になった。れんげは思わずフォローしてしまった自分をらしくないなと笑いつつ、意気揚々と辺りの匂いを嗅ぎ始めた天音の後に続いた。

⛩⛩⛩

最初に訪れた保昌山は平安時代の貴族、藤原保昌《ふじわらのやすまさ》をモチーフにした昇山《かきやま》だ。ちなみに昇山というのは、基本的には人の手で担いで運ぶタイプの山鉾で、御神体人形を載せ、物語の一場面を表現している。

町会所には所狭しと鮮やかな懸装品《けんそうひん》が飾られ、手ぬぐいや粽《ちまき》、お守りなど山鉾の特徴を生かした授与品が並べられていた。

祇園祭には欠かせない粽だが、この場合は虎太郎の大好きな和菓子の粽ではなく、縁起物としての粽である。各町内ごとに山鉾に応じた飾りなどが施されており、保昌山のそれは梅の花があしらわれた可愛らしいものだ。

　これは、藤原保昌が歌人として知られた和泉式部《いずみしきぶ》に求婚した際、紫《し》宸殿《しんでん》の梅を手折ってくれれば求婚を受けると言われ、帝の庭から梅を盗んだ故事にならっている。そのことを示すように、巡行の日には山鉾の上に梅を持ち去ろうとする藤原保昌の人形が飾られる。人形はご神体として、今は町会所の二階に飾られていた。

（うーん、ここじゃなさそうか）

　残念ながら、れんげの求める『星』はここにはなさそうだ。三十四分の一をすぐに引き当てられるわけがないと思いつつ、少しだけ足が重くなる。

　れんげはそんな自分を叱咤《しった》して、次の町会所へと向かった。


　しかし結論から言うと、れんげのその日の捜索は空振りに終わった。

　世にも珍しい男神天照大神を祀る岩戸山や、手に斧を持った十六歳の聖徳太子の人形を載せる太子《たいし》山《やま》、謡曲「木賊《とくさ》」が由来の木賊山《とくさやま》、西洋風の懸装品が多くみられる油《あぶら》天神山《てんじんやま》など、ガイドブックの地図に記載された山鉾を手当たり次第に巡ったのだが、なかなか捗々《はかばか》しい成果が得られなかったのである。

　歩いた距離はそう長くもないのだが、細い路地は山鉾を見に来た観光客や、神紋スタンプを求めるファンなどで混雑しており、少し歩くだけでやけに疲労感を覚えた。

午後になって気温が上がってきたことも、体力消耗と無関係ではないだろう。熱中症を気にしてドリンクを買い求めては水分補給をおこなったが、二十代も終盤に差し掛かると体力の消耗が如実に感じられてしまう。

それでも意地で、れんげは夕方までに桃山時代の貴重な装束とご神体を今に伝える芦刈山《あしかりやま》と、琴の名人伯牙《はくが》が友の死を嘆き琴の弦を絶った場面が再現された伯牙山《はくがやま》を見た。

そして締めくくりとばかりに山鉾の中に二基しかない船鉾の内の一基で、前祭の山鉾巡行の殿《しんがり》を務める船鉾《ふねほこ》の計三か所を巡った。

ところが、やはり星に関するものは見つけることができなかったのである。

残りの山鉾調査は翌日に持ち越したが、駅に向かう途中綾傘鉾《あやがさほこ》の棒振り囃子《ばやし》実演に行き当たった。

白地に紺色の三角うろこ模様を染め抜いた揃いの浴衣に襷をかけ、伝来のお囃子と共に男性がまるでバトンのように長い棒を操る。棒を振ることで疫神を楽しませ祓い清める神事に、集まった人々から拍手と歓声が上がった。

今日はここまでにしようと鶏鉾《にわとり》を横目に地下鉄の駅に降りると、帰宅時間とぶつかってしまったためか、やけに混雑している。

少し残って時間をずらそうかとも思ったが、最近物騒な事件が起きているから早く帰ってくるようにと虎太郎には厳命されている。

仕方ないとばかりに、れんげは烏丸線を南下して竹田《たけだ》駅で近鉄線に乗り換えた。家に近づくと、なぜだかほっとする。かりそめの我が家だと分かっているのに、早く帰って虎太郎の顔が見たいと思う自分にれんげは戸惑っていた。

⛩⛩⛩

翌日、調査は昨日の続きからということで町会所に行っていない綾傘鉾から始められた。

綾傘鉾はその名の通り、大きな二つの傘を押して巡行に参加する。町会所には古くから伝わる棒振り用のお面と『牛頭天王』と書かれた掛け軸が祀られていた。

廃仏毀釈で存在を消されようとも、住民の間では連綿とその信仰が受け継がれていた証拠である。

だがそれが分かったところで、目的が果たせなければなんにもならない。

『どうやらここも違うようですね～』

天音の間延びした声に、なんだか力が抜けてしまう。

（ええい、次行くわよ次！）

タイムリミットが迫っている。

悩んだり迷ったりしている暇は、れんげにはないのだった。

歩き出したれんげの視界には、平和を祈念する鶏鉾が見えてくる。見送と呼ばれる背面の懸装品は、十六世紀ベルギーで製作されて江戸時代に日本に入ってきたという織物で、描かれているのはトロイの皇子ヘクトールが妻子に別れを告げるシーン。現在は重要文化財に指定されているため鉾に飾られることはないが、宵山期間中であれば町会所で見ることができる。

次に足を運んだのは白楽天山《はくらくてんやま》で、こちらの懸装品に描かれているのはトロイ戦争だ。一方でご神体の方は中国の説話が元になっており、唐の詩人白楽天がその名前のもとになっている。

この頃になると、れんげは疲れと焦りを隠せなくなっていた。

これが観光であったなら、同じことをしてもこれほどまでに疲れることはなかっただろう。休む時間を十分に交えつつ、動く美術館と呼ばれる山鉾を存分に堪能することができたはずだ。

どの山鉾も歴史があり、その歴史に裏打ちされた見事な懸装品を持っている。

だがしかし、れんげの目的はあくまで牛頭天王から出されたお題である『星』を見つけることだ。

そして一日半を費やして山鉾を見て回っても、手掛かりすらつかめていないのが現状だった。

焦って無口になるれんげにおびえているのか、天音はずっと不安そうな顔をしてついてくる。

その顔を見て、れんげはいかに自分に余裕がなくなっているかということに気が付いた。天音の悲しげな顔が、クロのそれと重なって見える。

（どこかで休憩しましょ。根詰めすぎるのもよくないし）

そう心の中で呟くと、喜びからか天音の三本あるしっぽが楽しげに揺れた。不満こそ口にしなかったが、やはり天音も疲れていたのだろう。

こんな風に気疲れしながら山鉾を巡る時間を、れんげももったいないと感じていた。もしクロがいなくなったりしなければ、今頃は一緒に、山鉾を純粋に祇園祭を楽しむために回っていたかもしれない。

今この場にクロがいないことが、こんなにも切ない。

子狐のことだ、この場にいたらきっと楽しそうにあちこち見て回って、以前錦市場《にしきいちば》でそうだったように、迷子になっていたかもしれない。貴船《きふね》神社の時のように、もしかしたらどこかの神様を怒らせたかもしれない。

──思い出が、溢れて止まらなくなる。

疲れのせいなのかなんなのか、れんげはやけに感傷的になっている自分を自覚した。

『れ、れんげ様？』

天音が驚きの声を上げる。それと同時に、すれ違った人が、れんげを見て驚いたように目を見開いているのが分かった。

頬に触れると、いつの間にか涙がこぼれていた。

なにかが恋しくて泣くということを、れんげは久々に思い出した。

（そういえば、京都に来たばかりの頃、公園でパンを食べながら泣いたっけ。あの時はクロが煩わしくて仕方なかったけど、一人だったらきっと泣けなかった……）

涙を拭おうともせず、れんげは記憶をさかのぼった。

こんなにたくさんの人がいるのに。

街の中は賑やかで誰もが笑顔を浮かべているのに。

れんげはどうしようもなく寂しくて、ただぼんやりと思い出に浸っていた。

⛩ ⛩ ⛩

ふらりと飛び込んだのは、町家を改装したごはん処だった。

表に葦簀《よしず》が下げられていたので分からなかったが、店内は人でいっぱいだ。どうやら人気のあるお店らしい。

「おこしやす～」

感傷的になっていたからか、京都弁が殊更柔らかく聞こえる。

カウンターが空いていたらしく、運よくすぐに座ることができた。

純和風の店内はとても落ち着いていて、客たちはそれぞれ和やかに食事を楽しんでいた。ちらりと見える厨房は活気にあふれ、行き来する店員も笑顔を絶やさない。

なによりれんげの目を引いたのは、壁に飾られた無数の粽だった。

どうやら祇園祭で巡行する全ての――どころか一時的に巡行をやめている休み山と呼ばれる山鉾の粽まであるようだ。

分かってはいたが、それぞれ趣向を凝らした粽が一堂に介している様はなかなかに壮観だった。

もちろん、れんげが見て回ったいくつかの山鉾のものもきちんと網羅されている。

「祇園祭の期間中は、こちらのメニューのみになっております」

普段は定食のメニューがいくつもあるようだが、混みあう期間ということでメニューが限定されていた。

少し贅沢をして、船の形をした箱に入った『京折詰　凱船』を選ぶ。

店員が行ってしまうと、れんげは改めて店内を見渡した。特に目を引いたのは、お土産用の小さな酒樽だ。そこには船鉾らしき絵と共に、『祇園祭　大船鉾　凱旋』という文字が書かれていた。

大船鉾《おおふねほこ》といえば、後祭の巡行の最後を飾る船鉾である。幕末の騒乱で焼失し、近年になってから地元の人々の尽力によって百五十年ぶりに復活したのだ。大船鉾が「凱旋」の場面を表しているのだ。

酒好きとしては見過ごせないだろうと思い、小さい瓶で追加注文する。少し奮発して、『凱旋　純米大吟醸』にしてみた。

間もなく料理が運ばれてきた。黒い船の形をした箱の上に、疫病除けの『蘇民将来子孫也』と書かれた紙が巻かれている。

箱の中には、何種類ものおかずが入ったお弁当が入っていた。ごはんにお吸い物、それに食べられる粽まで入っている。

唐揚げにお漬物、煮物に焼き魚まである。

これはお酒を飲むのに好都合だ。

間もなく追加でガラスのお猪口《ちょこ》と緑色の小さな瓶が運ばれてきた。ラベルは純米酒のそれと違って金色。俄然期待が高まる。

手酌でお酒をお猪口に注ぐと、流石大吟醸だからか香りがすごい。フルーツのような吟醸香が鼻孔をくすぐる。

思い切って、ぐいっと一杯。キレのあるのど越しで、れんげ好みの味だ。少ししかないことが、少し切ない。

それにしても、さっきまであれほど落ち込んでいたというのに、ご飯を食べてお酒を飲むともりもりと力が湧いてきた。

やはり人間には時々息抜きが必要なのだ。一つのことに集中してしまうと、いつの間にか自分で自分を追い込んでしまう。

れんげはゆっくり時間をかけて料理を味わい英気を養うと、昼過ぎから再び『星』探しを再開したのだった。

⛩ ⛩ ⛩

前祭二十三基のうち、回った山鉾は十一か所。

これで約半数になるわけだが、現在のところ『星』に関する手掛かりすら得られていない状況だ。

とりあえず、れんげは四条通に出ることにした。午後六時を過ぎると、この辺り一帯は大通りも含めてすべて歩行者天国になってしまう。

　そうなったら出店が出て身動きできないほど混むので早く帰ってきた方がいいと、虎太郎に言われている。

　なのでそのタイムリミットまでに、できるだけ多くの山鉾を回ってしまいたい。十七日の巡行が終われば、街を巡って疫神を集めた山鉾は即時解体されてしまうのである。そして一度解体されてしまったら、もう来年まで見ることはできないのだ。

　四条通に出ると、すぐ近くに月鉾が立っていた。その名の通り月読尊《つくよみのみこと》を祀る山鉾で、その大きさは三十三基の山鉾の中で最も大きく重い。その威容を一目見ようと、歩道は渡るのが嫌になるくらい人で混みあっていた。

『いやあ、すごい人ですね～』

　自らは飛んでいられるからか、天音が呑気に言う。

　ただでさえ蒸し暑いのに、れんげとて押し合いへし合いの人ごみに突入するのは勇気が要った。だが間近で見なければ、『星』に関するものがあるかどうかも判別がつかない。勇気を出して、れんげはその人の流れに飛び込んだ。

　近くで見た月鉾は壮観だった。お金を払えば一般人でも搭乗できるとのことで、れんげはより近くで見るため会所の二階に上がり、そこから渡されている細い階段を渡って鉾に乗り込むのである。

元来、ほとんどの山鉾は女人禁制で、近年まで女性にはこのように開放されてはいなかった。

それを、昭和二十四年函谷鉾《かんこほこ》が解禁したのを皮切りに、他の多くの山鉾が次々と解禁していった。

現在で女人禁制を守り続けているのは、長刀鉾《なぎなたほこ》と放下鉾《ほうかほこ》のみとなっている。

しかし伝統を守り続ける人々にとって、女性の搭乗を解禁するのは非常に悩ましいことだろう。れんげは別に、女人禁制を男女差別だとは思わない。拒否しているのは女性を侮っているわけではなく、ただ伝統を守りたいのだろうと思うからだ。

しかしそもそも女人禁制自体は江戸時代以降の風習であり、それ以前の祇園祭を描いた屏風絵には女性の囃子方を乗せて運行する山鉾も確認されているのだ。

さて、木で組まれた月鉾の中は思ったよりも広かった。六畳ほどはあるだろうか。

だが巡行の際には四十人から五十人の囃子方が搭乗するらしいので、流石にすし詰め状態に違いない。

前後に吊るされた大量の提灯によって視界は塞《ふさ》がれているが、それでも存外高さを感じた。れんげの額をかすかな風が撫でる。眼下を車が行き来しているのが、なんだか面白かった。

漆と金泥《きんでい》が塗られた天井には、いくつもの扇が散っている絵が描かれていた。扇にはそれぞれ源氏物語の一場面らしき絵が描きこまれている。外から見えない天井にまでこんな細工が施されているのかと、思わず感心してしまう。

だが、肝心の『星』に関するものは残念ながら見つけることができなかった。

鉾頭に三日月を掲げる月鉾に、同じ夜空に浮かぶものとして少し期待していただけに、いささかの落胆を覚える。

そこから、なんとか四条通にある郭巨山《かっきょやま》、四条傘鉾《しじょうかさほこ》、蟷螂山《とうろうやま》、放下鉾を巡ったものの、結局何の成果も得ることができないまままれんげは制限時間を迎えてしまった。

成果があったとすれば、蟷螂山《とうろうやま》のカマキリが動く仕掛けで、天音がひどく喜んだことぐらいか。

ハンドルを回すとカマキリが横にくるりと回っておみくじを取ってくれるというからくりも出ていたが、あまりの人気で長蛇の列ができていたため引くのは諦めた。

カマキリを祀るというのは珍しい気がするが、なんでも中国の故事である「蟷螂の斧を以て隆車《りゅうしゃ》の隧《すい》を禦《ふせ》がんと欲す」という言葉が元になっているらしい。

弱者が戦力差を考えず敵に立ち向かうといったような意味で、南北朝時代に足利義詮《あしかがよしあきら》軍に挑んで戦死した公卿《くぎょう》、四条隆資《しじょうたかすけ》の戦いぶりがまさに「蟷螂の斧」のようであったことから、できた山だ。

郭巨山も日本人にとっては耳慣れないが中国の史話「二十四孝」が出典となってお

り、日本古来のお祭りに中国の影響が色濃く残っていることに驚きを覚える。

おそらく、この祇園御霊会が成立した平安時代には、たくさんの渡来人が京都に暮らしていたため、その影響があるのだろう。

なにせ牛頭天王自体が、異国から来た神なのである。

四条傘鉾は明治になって途絶えていたものが、昭和六十年に復帰した比較的新しい傘鉾だ。

放下鉾の町会所では、飾られた懸装品よりもむしろ会所の二階と土蔵の二階を直接橋でつないだ独特な建築に目を奪われた。他にも会所には上品な顔立ちの稚児人形が飾られていて、優し気なその顔立ちにふと心が和む。

さて、れんげはその後いささか焦りを深めつつ人ごみに揉まれるようにして帰宅した。明日は十六日。前祭の山鉾を間近で見て回れる最後のチャンスだ。

(なにがなんでも、『星』を見つけてやる)

決意を胸に、れんげは眠りについたのだった。

⛩ ⛩ ⛩

その晩、奇妙な夢を見た。

あれほど会いたいと願っていた、クロが出てくる夢だ。

といっても、クロと話せたわけではない。こちらからはクロが見えているのに、向こうからはどうもれんげが見えていない様子なのである。

子狐は稲荷山の森の中に一匹でちょこんと座って、参拝客が行き交う千本鳥居を見下ろしていた。

そして驚いたことに、その千本鳥居の中をもう一人のれんげが歩いている。

これはきっと現在ではなく、過去を映している。

れんげはそう感じた。なぜなら一心不乱に参道を登っていく自分の姿は、確かに見覚えのあるものだったからだ。具体的な日にちまでは覚えていないが、その服の組み合わせもうっすらとだが覚えている。

あの時、探していた狐はこんな近くにいたのだと思うと、ひどく腹立たしかった。

「あんた、なんでこんな近くにいたのに出てこなかったのよ」

そう言ったところで、見えもしない未来のれんげにクロが気づくはずもない。

『れんげ様……』

子狐はそう言うと、ひどく悲し気にコーンとキューンの間のような鳴き声を上げた。

過去のれんげはどんどん進んで、すぐに鳥居の中に紛れてしまった。

れんげはずるいと思った。

だってこんなに悲しそうに泣かれては、怒るに怒れないではないか——と。

クロは未だに、過去のれんげが消えてしまった方向をじっと見つめている。小さくて黒いその背中が、ひどく寂しげで見ている者をやるせない気持ちにさせる。

「ほんとに、しょうがないわねあんたは」

そう言いながら、れんげは何が何でも子狐に会うのだと決意を新たにした。

勝手に自分が邪魔になると思い込んで、れんげに会いもしないで根の国にいこうとしているクロを叱ってやるのだ。

そしてこの寂しい背中を、思いきり抱きしめてやるのだ。

⛩ ⛩ ⛩

翌日は十六日。

巡行前最後の日であり、同時に虎太郎から頼まれた和菓子の発売の日でもあった。

正直時間は惜しかったが、虎太郎からの頼み事なんて余程のことだ。

頼るべき大人が身の回りにいなかったからなのか、虎太郎はあまり人を頼ろうとしない。それは美徳なのかもしれないが、れんげからすればどこか肩ひじを張っているようで、困っているなら素直に手を貸したいと思える。

色々あったもののれんげは無事目的のものをゲットし、バスで一旦京都駅へ戻った。買った和菓子が悪くなるといけないので、伊勢丹の冷蔵コインロッカーに預ける。ついでに駅で適当に朝食を食べた後、烏丸線で四条に戻り探索開始だ。

今日は宵山。明日には解体されてしまう山鉾をじっくり見られるのは今日だけとあって、いやが上にも気合が入る。

確認はしていないが、伏見稲荷の方もおそらくはタイムリミットが近い。

できれば前祭で巡行する山鉾の中に目的の『星』があってくれと、れんげは祈るような気持ちだった。

阪急京都線の駅を経由して、最も東にある26番出口から外に出る。

十時を少し過ぎた頃合いだというのに、地上に出ると日差しが刺さった。今日は暑くなりそうだ。

目の前に、巨大な函谷《かんこ》鉾《ほこ》が見えた。本日最初の調査対象だ。

最も盛り上がる宵山だからか、午前中で歩行者天国にもなっていないというのに歩道は行きかう人でごった返している。要所要所に分別のためのごみ箱が置かれ、街は昨夜の宵々山の気配を色濃く残していた。

れんげは歩行者天国が始まる前に帰ってしまったのであまり意識していなかったが、道脇に並ぶ出店の数と規模には圧倒されてしまう。なにせ、見渡す限り途切れることなく続いているのだ。

　午前中ということでまだ営業していない出店が多いが、それでも看板の種類を見るといかに大規模なお祭りであるかということが感じ取れた。つまりはそれだけ収益が見込めるイベントと言うことなのだろう。

　その規模と勢いに、改めてとんでもない難題を出してくれたなと怖い顔の割に愛想のよかった牛頭天王を思い出した。

　今は祇園祭の最中だから牛頭天王としての側面が大きく出ていると言っていたが、それならば他の時期は一体どのような姿なのだろうか。

　れんげにもうっすらとした知識しかないが、本来主祭神である素戔嗚は姉の統治する高天原《たかまがはら》を荒らしまわり、天照大御神《あまてらすおおみかみ》を天岩戸《あまのいわと》に追いやった張本人である。その咎で天界を追われて後《のち》は、心を入れ替えたのか八岐大蛇から櫛名田比売《くしなだひめ》を守り、見事打ち取って彼女を娶《めと》った。

　その時八岐大蛇の中から現れたのが、のちに三種の神器の一つとなる天叢雲剣《あめのむらくものつるぎ》である。その剣を天照大御神に献上して仲直りした後、最終的に彼は根《ね》の堅洲国《かたすくに》に腰を落ち着けた。

　そう、クロが行こうとしている、例の根の国だ。

　更にれんげは、ガイドブックから現在の八坂神社に祀られている素戔嗚と櫛名田比売の子供とされる八柱御子神《やはしらのみこがみ》の中に、伏見稲荷大社の主祭神とされる宇迦之御魂神《うかのみたまのかみ》の名前を見つけた。

つまり素戔嗚と宇迦之御魂神は、血のつながった父子ということになる。

だからこそ黒烏は、素戔嗚ならば解決策を出せるのではと八坂神社に行くよう言ったのかもしれない。

けれどそれはあくまで、相手が素戔嗚だった場合の話だ。実際に八坂神社で出会った異形の神は、牛頭天王としか名乗らなかった。牛頭天王にも八人の息子がいるにはいるが、安倍晴明によればその息子たちは太歳《たいさい》、大将軍《だいしょうぐん》、太陰《たいおん》、歳刑《さいきょう》、歳破《さいは》、歳殺《さいせつ》、黄幡《おうばん》、豹尾《ひょうび》の八人なのである。

当然だがその中に宇迦之御魂神の名前はない。更に言えば彼らは行疫神《ぎょうえきしん》であり、災いを起こしこそすれ豊穣を司ったりはしない。

考えたところでやはり答えは出ないので、れんげは目の前の函谷鉾に集中することにした。

函谷鉾の名は、古代中国の斉《せい》の国の宰相である孟嘗君《もうしょうくん》が秦《しん》の昭襄王《しょうじょうおう》に追われた際、中国河南省にあった函谷関《かんこくかん》という関所で足止めされあわやという時に、鶏の鳴き真似をして、朝だと勘違いした門番たちに門を開けさせ、難を逃れたという故事に由来する。

なので屋根の上に建てられた真木の中ほどに孟嘗君が、その下に雌雄の鶏が据えられているのだ。

また、函谷鉾は革新的な山鉾だ。巡行の際に山鉾に乗る稚児を生きた子供から人形に変えたのも函谷鉾が最初である。この稚児人形は明治天皇皇后の異母兄である一条実良卿《さねよし》をモデルにしており、その名も嘉多丸《かたまる》という。現在、生きた稚児が乗るのは巡行の先頭を行く長刀鉾のみだ。

れんげは近年復元新調された前懸『イサクに水を供するリベカ』をじっと見つめた。細密な図案のどこかに『星』に関する物が描き込まれていないかと思ったが、やはりそう簡単には見つからないようである。

函谷鉾を背にして室町通を右に曲がり、次に訪れたのは菊水鉾《きくすいほこ》である。鉾頭には十六弁の菊花を擁し、唐破風《からはふ》の曲線を描く屋根が優美だ。

だがその歴史は苦難の歴史であり、蛤御門《はまぐりごもん》の変によるどんどん焼けで一度は焼失した後、再建をあきらめていたものが昭和に入って八十八年ぶりに再建された。

町内にある「菊水の井」が由来である菊水鉾は、その水にちなんで毎年会所で茶会を行う。そこで供される寒天菓子は名を『したたり』といい、町内にある御菓子司亀廣永《かめひろなが》が製造を一手に担う。

れんげは少し考えた後、虎太郎へのお土産に『したたり』を一棹買い求めた。

既に頼まれた和菓子があるにはあるが、虎太郎のことだ、和菓子のお土産ならばいくつあっても多すぎるということはないだろう。

それに虎太郎のためというのは言い訳で、れんげ自身その味に興味があった。

甘い物に興味を持つなんて間違いなく虎太郎の影響ではあるのだが。

しかし『星』についての収穫はなく、次に向かうは霰天神山《あられてんじん》だ。

かつて大火があった際俄かに霰が降り始め、火が消えた。その時一寸二分（約三・六センチ）の天神像が霰と共に降ってきたため、これを祀ったという。


――らいよけ、ひよけのお守りを受けてお帰りなされましょ

ふと、子供のものと思われる歌声が聞こえてきた。

――つねはでません今晩かぎり。ご信心のおんかたさまは、うけてお帰りなされましょ。ロウソク一丁献じられましょ

どうやら、わらべ歌を録音したものらしい。

だがなによりれんげを驚かせたのは、その町会所に舞妓《まいこ》さんがいたことだった。京

都にやってきて以来、初めて目にする舞妓さんである。同性の目から見ても、その容姿や所作は美しく、プロだと感じさせる。

『うつくしいですね～』

どうやら、天音も似たような感想を抱いたらしい。クロならおそらくこんな感想は抱かないだろう。なにせあの子狐は色気よりも食い気だ。

次にれんげが向かったのは、前祭の山鉾の中では最も北にある山伏山《やまぶしやま》だった。ご神体はその名の通り、山伏の格好をした浄蔵貴所《じょうぞうきしょ》である。平安時代中期、類まれなる霊力を持つとして知られた僧侶だ。

来た道を戻り、左に曲がると今度は占出山《うらでやま》が見えてくる。祀られるのは、釣り竿を持つ神功皇后《じんぐうこうごう》だ。彼女が鮎を釣って戦勝の兆しとしたという由来からか、会所では大極殿本舗の『吉兆《きっちょう》あゆ』が売られていた。カステラ生地で求肥《ぎゅうひ》や餡子《あんこ》を包んだ夏らしい和菓子である。

三日間山鉾を見て回り、残す前祭の山鉾は二つになってしまった。れんげは祈るような思いで、次の山鉾に向かう。

未だ、牛頭天王に言われた『星』の手掛かりすら、得ることできていない。既に目にしていてながら見逃しているのか、或いは後祭に参加する山鉾の中にそれがあるのか、それとも山鉾にあるという予想自体が間違っているのか。

一刻も早く牛頭天王の協力を得なければならないのに、思うようにいかない『星』捜索に焦りばかりが募っていく。

（もし残りの二つのどちらでもなかったら……）

ともすれば弱気になりそうな自分を、れんげは叱咤《しった》した。

烏丸通に出ると、次の目的地である孟宗山《もうそうやま》はすぐそこだった。

ご神体の人形は呉の国の孟宗が、雪の中で病の母の好物である筍を探し、掘り当てた様子が再現されている。

懸装品に描かれた、砂漠を行くラクダの行列が目を引く。

だが、やはりここにも目的の『星』はないようだ。

れんげは最後に残った長刀鉾へと向かった。通常山鉾巡行の順番はくじ引きで決まるのだが、長刀鉾はくじ取らずと言い、くじには参加せず巡行の先頭を行くことが定められている。

鉾頭は天に切っ先を向けた大長刀で、黒鳥が持っていた刀と同じ三条小鍛冶宗近《さんじょうこかじむねちか》の作と伝わる。といっても、現在では竹製のそれに変えられているようだが。屋根の上には巨大なしゃちほこが乗り、見た目にもいかにも豪勢だ。

それもそのはずで、巡行の先頭を行くこの山鉾は、その人気から粽などの授与品もすぐに売り切れてしまう。どころか近年では買い占めた人間によるオークションサイトへの出品が問題となっており、論争を呼んでいるのだとか。

しかし、今のれんげはそれどころではない。何よりも『星』。『星』である。

長刀鉾の勇姿を一目見ようと集まった人々で、道はひどく混雑していた。まるで満員電車の中を無理に進んでいるような気持ちになってくる。

夢中になっていたせいか、時間はいつの間にかとっくに十二時を過ぎて、三時を指していた。それでももし見つからなかったらと思うと、空腹も感じない。

目を皿にして、食い入るように山鉾を見つめた。懸装品に描かれた図案の端から端まで、何も見落としがないようにと。

だがそれでも、どこにも『星』は見つからない。そもそも『星』とはなんなのか。こうして山鉾を巡っていること自体、全くの見当はずれな行動なのではないか。

そんな疑念が、れんげの中でどんどん膨らんでいく。

もう残り時間は少ないのに。今にもクロが根の国に行ってしまうかもしれないのに。

交通整理をする警官が叫ぶ。どうやら酒に酔った観光客が食って掛かっているらしい。

人口密度は相変わらずで、人いきれに眩暈《めまい》を覚えた。こんなにたくさんの人がいるというのに、れんげはどうしようもなく孤独だった。まるで胸に虚ろな穴が開いたようだ。そう簡単に諦めるような自分じゃないと思っていたのに、どうしてこんなにも絶望感を覚えるのか。

その時ふと、長刀鉾の会所から出てきた親子の会話が耳についた。

こんなに騒がしい中でどうしてその会話が気になったのか、それは彼らが星座の話をしていたからかもしれない。

「お父さん！　鉾の天井のやつ変や。知ってる星座が一つもあらへん」

少年の無邪気な問いに、父親と思しき男性が笑って答える。

「あれはなあ、中国の星座なんや。二十八宿《にじゅうはっしゅく》ゆうて、西洋の星座とはまた違《ちゃ》うねん」

星座と聞いて、れんげは居てもたってもいられなくなった。慌ててその親子に駆け寄ろうとするが、辺りの混雑がそれを許さない。結局、れんげが会所の前に辿り着いた時には親子の姿はすっかり見えなくなっていた。

（天井……天井って言ってたわよね）

れんげは親子の会話を思い起こし、鉾の中に入ろうと会所に飛び込んだ。

——ところが。

「女性の方の搭乗はお断りしてるんですわ」

そう。長刀鉾は未だに女人禁制を守り続ける二つの山鉾の内の一つなのだ。だかられんげでは、さっきの親子の会話を確かめようもない。

（あと少しなのに……っ）

悔しさに涙が出そうになった。

牛頭天王の難題に振り回された挙句、やっと見つけた手掛かりを確かめることすらできない。

それも女だからという理由で。

(なにか……なにか方法は……)

焦るれんげの目に、ふと視界を揺らぐ白いしっぽの先が目についた。

(天音!)

『は、はいぃ?』

突然名前を呼ばれ、天音は驚いたように三本あるしっぽを膨らませる。

(私の代わりに、長刀鉾の天井にある『星』を見てきて。それでできるだけ詳しく私に教えて!)

鬼気迫るれんげの要請に、天音は一瞬戸惑うように長刀鉾とれんげを見比べた。

れんげから目を離していいものか迷っているのだろう。

(ここで待ってるから!　絶対)

それを見抜いたれんげが即座にそう請け負うと、天音はためらいながらも、するすると長刀鉾の中に飛んでいった。

そして戻ってきた天音の言葉に、れんげは確信を得たように手のひらを握りしめたのだった。

虎太郎の甘味日記　～行者餅編～

（ちょっと話が違うんですけど？）

れんげは思わず心の中でそう絶叫していた。

時は少しさかのぼって十六日の朝。虎太郎の言っていた販売開始時間である八時の三十分前に老舗和菓子屋『柏屋光貞《かしわやみつさだ》』に到着したはいいが、そこには既に長蛇の列ができていたのだ。

場所は八坂神社のほど近く。松原上る四丁目。

虎太郎の熱のこもった説明によると、この『柏屋光貞《かしわやみつさだ》』は年に二回特殊なお菓子を販売する。

それが節分の二月三日のみの販売となる『法螺貝餅《ほらがいもち》』と、七月十六日に販売される『行者餅《ぎょうじゃもち》』というわけ。

生菓子なのでお取り寄せなどは扱っておらず、近年では予約さえも廃止され店頭販売のみとなっている。

つまり一年に一度ここでしか買えない、売り切れ御免の希少価値バリ高商品なのだ。

そのため年に二回だけ出現する行列に、行きかう人は不思議そうな顔で振り返る。

店前からでは末尾が見えない行列を前にして、れんげはもっと早く来るべきだったと後悔した。

おそらく虎太郎は、頼んだはいいもののあんまり早くから並ばせるのは気が咎《とが》めて、販売開始時間しか教えなかったのだろう。

だが、並んだ結果買えない方がれんげとしてはダメージが大きいのだから、正直なところを教えておいて欲しかった。

足早に行列を辿り、その最後尾に着く。それからじりじりと待つこと三十分。店が開店し、販売が始まった。

そこに出されている看板には『年に一度七月十六日限り発賣仕《つかまつ》る』の文字。長年販売し続けてきた自負のようなものを感じさせる。

開店から三十分。トータルで一時間ちょっと並び、店前へ戻ってきた。ようやく三個入りの行者餅を一箱手にすることができた。お値段は千百十円。

目的のものを手に入れた達成感と、渡した時の虎太郎の反応を想像してれんげは小さく微笑んだ。もちろん、本人は無意識であったが。

願わくば、三個を分け合うもう一匹がいればいいのにと、れんげは天音にちらりと目をやってため息をついたのだった。

⛩ ⛩ ⛩

虎太郎がバイトで疲れて帰宅すると、家ではやけに上機嫌なれんげが待ちかまえていた。

「お帰り～。行者餅買ってあるよ。それからこれも」

そう言ってれんげが取り出した紙袋から現れたのは、菊水鉾の代名詞ともいえる『したたり』であった。

「うわー！『したたり』まで買ってきてくれはったんですか？」

そもそもれんげは和菓子が苦手だ。頼んでいた和菓子の他に、まさか自らお土産として買ってきてくれるとは全くの予想外であった。

自分の好きなものに興味を持ってもらえたようで、非常に嬉しい予想外だ。

「まあ、私も気になったし。麦茶も冷やしてあるから、一緒に食べよう」

そう言うと、れんげはてきぱきと『したたり』を箱から出し羊羹のように切り分けた。ちゃぶ台の上に並ぶのは、虎太郎の分とれんげの分、それに一時的な居候である天音の分だ。

『わたくしも頂けるのですか？』

まさかもらえると思っていなかったのか、白狐が細い目を見開いて驚いている。

更にれんげは冷蔵庫から、『行者餅』の箱と麦茶の入ったポットを運んでくる。

痒い所に手が届く歓待ぶりで、流石の虎太郎もこれはおかしいと思い始めた。いつもなら、こうして和菓子の用意をするのは虎太郎の役目のはずだ。

だがだからといって、何かあったのかとも聞きづらい。

特に昨日までのれんげは、牛頭天王から出された謎を解くため街を駆けずり回り、とても疲弊した様子であった。

祇園祭の、それも宵山期間中など、混雑具合を知っているだけに虎太郎ですらおいそれと近づかない。

れんげがいくらメガシティ東京からやってきて混雑に慣れていたとしても、やはり大変なものは大変だろうと虎太郎は思う。

「食べないの？」

念願の『行者餅』を目の前にしているというのに、れんげの様子があまりにもおかしいので虎太郎は気もそぞろであった。

それを咎められたような気がして、虎太郎は慌ててちゃぶ台の上に意識を移す。

お皿に乗せられた『行者餅』は、一見具を入れて折りたたんだクレープのような見た目をしている。

　同封された紙には『行者餅』の由来と、八坂神社の神紋である「五瓜《ごか》に唐花《からはな》」と「左三つ巴」が書かれている。

『元祖行者餅』と書かれた薄いビニールの包装を剥がすと、もっちりとした生地が現れる。ぱくりと口に含むと、ほのかに甘い生地の中には白い求肥と白味噌餡。

「へえ、甘いだけじゃないんだ。このピリッとしたのは何だろう」

　一足先に『行者餅』を口にしていたらしいれんげが、食べかけの中身をのぞきながら首を傾げている。

「多分、山椒やと思います。ピリッとしますね」

「山椒かー」

『はぐはぐ、美味しいですよ～！』

　天音もしっぽを振り回して感動の声を上げる。

　同じものを食べて感想を言い合うのもなかなかに楽しい。

　ここに子狐がいれば、どうして自分の分がないのかと駄々をこねることだろう。

『行者餅』の後は、れんげが切り分けた『したたり』だ。

　能楽『枕慈童』から、菊の露のしたたりを飲んで七百歳の長寿を保ったという故事から名付けられた。

見た目はまるで太古の樹液が固まった琥珀のよう。黒糖を溶かして寒天で固めた物なのだが、その固さが絶妙で口の中でするすると解けていく。

どちらも、さすが味にうるさい京都の町民に愛されるお菓子だ。上品で趣があり、シンプルに見えて単純ではない物語を背負っている。

虎太郎が喜びに口元を緩めていると、麦茶を飲んでいるれんげと目が合った。

なにか話そうと口を開いたその時、つけっぱなしにしていたテレビ画面がニュースに切り替わった。

『続いては京都府内で発生している連続婦女通り魔事件についてですが——……』

画面の中では今日のヘッドラインと称して、近頃お茶の間を騒がせている物騒な事件について伝えていた。

京都市内の各地で下は十六歳から上は四十三歳までの女性が路上で切り付けられるという事件が頻発しており、警察は同一犯の犯行と見て犯人を追っているという。祇園祭の最中であることから、警察は市民に十分な注意を呼び掛けていた。

ただでさえ観光客が多い京都だが、祇園祭の期間中はその過密度が更に増す。いずれも人ごみの中での犯行だそうで、犯人が未だ捕まっていないことに不満を漏らす市民のインタビューが放送されていた。

こんなニュースを耳にして上機嫌にしているのは不謹慎だと思ったのか、れんげの表情は少し不機嫌そうなそれにとってかわった。

虎太郎にはそれがとても惜しく思えて、彼女にさっきまでの和やかな空気を取り戻してほしいと思った。

彼は、テレビを消しておずおずと問いかける。

「あー、そういえばれんげさん」

「んー？」

虎太郎は少し迷い、しかし好奇心に負けてその問いを口にした。

「『星』について何か分かったんですか？」

するとれんげは、今日あったことを思い出したのか不敵に笑ったのだった。

四折
牛頭天王渡御

牛頭天皇からのお題である『あってはならない星』の手掛かりを得たれんげは、すぐさま八坂神社に向かった。

祇園祭の関係でバスは減っているが、幸い長刀鉾から八坂神社までは歩いても二十分程度だ。

一刻も早く八坂神社へ向かいたかったれんげは、バスを待つ時間を惜しんで四条通を歩くことにした。タクシーを使おうかとも思ったが、こんな時に限って通りかかるのは客を乗せたタクシーばかりだ。

だが、歩き始めて十分も経たないうちに、足が鈍い痛みを訴え始めた。筋肉痛に似たしびれるような痛みだ。

『れんげ様。大丈夫ですか？　足が震えてますけど……』

天音が心配そうに聞いてくる。

(大したことないわ。こんなの)

そう、大したことはない。足を休めることなら後でもできる。けれど、クロのことは一刻を争う。

そう思って一路、八坂神社を目指す。

朱い楼門が見えた瞬間、れんげがどれだけほっとしたことか。

信号を待つ時間すら惜しんで、飛び込むように楼門を潜った。八坂神社は、今夜の石見神楽《いわみかぐら》が奉納に向けて、場所取りをする人でごった返していた。

人波を避けながら、本殿へと急ぐ。

以前牛頭天王に遭遇した場所まで来ると、その瞬間周囲の音が掻き消えた。すると再び地鳴りが聞こえてくる。足元が揺れ、ただでさえ萎えそうになっている足を叱咤して必死で踏ん張る。

『ひぃぃ〜』

後ろをついてきていた天音は震えあがった。

一方で、れんげは安堵のため息を漏らしていた。願った通り牛頭天王が姿を現してくれたからだ。

その恐ろしげな風貌に反してよく笑う神だと記憶していたが、三つあるその顔は今や仁王のように険しい。

『人間よ。あってはならぬ星のありかを見つけたのか？』

声を聞くと、どうやら怒っているわけではないらしい。

すると、牛頭天王の向かって右にある顔が口を開く。

『人間ごときが、不届き者め』

するとすぐさま左の顔が口を開いた。

『約束を違《たが》えるなどあってはならぬ』

真ん中にある顔が、左右の顔を黙らせるように首を振った。どうやら三つの顔は見せかけではなく、それぞれに意志が存在しているようだ。

それにしても、どうして以前とは雰囲気も表情も違ってしまっているのか。

れんげが疑問に思っているのが伝わったのだろう。真ん中にある顔が、にこりともせず言った。

『明日《あす》は渡御《とぎょ》ゆえ、荒魂《あらみたま》と習合しておるのだ』

意味が分からず首を傾げていると、横からすっかり怯えて三本のしっぽを股に挟んでいる天音が、こわごわ解説してくれた。

『れんげ様。牛頭天王様は明日、御旅所《おたびしょ》へ神輿で渡御なさいます。神輿は和魂《にぎみたま》と荒魂の両方がないと動きません。ゆえに現在の牛頭天王様は和魂と荒魂が混ざり合っている状態なのです』

それでもやっぱりよくは分からなかったが、今はそれどころではないとれんげは思い直した。

相手が和魂であろうと荒魂であろうと、協力してくれるのかしてくれないのか、れんげにとっての重要なのはその一事に尽きるからだ。

『では改めて、答えを聞こう。あってはならない星とはなんだ』

牛頭天王の低い問いに、れんげは思い切って口を開いた。

「それは――『牛宿《ぎゅうしゅく》』。つまりあなたよ」

れんげの答えに、牛頭天王は牙の突き出た唇を小さく歪める。

『ほう。その心は？』

「あなたに星を探すように言われて、知り合いの陰陽師を訪ねました。彼はあなたの子供たちがそれぞれ星にあてはめられると説明してくれました。そしてもう一つ、二十七宿のことも」

二十七宿とは、陰陽道で占いを行う際に使う暦のようなものである。一日に一つ割り当てられており、月が地球の周りを一周する周期に合わせて一巡する。

太古の人は、月の周期にそれぞれ星座の名前を付けた。それが二十八個の中国の星座である。

「長刀鉾の天井には、二十八の星座を現す装飾があるそうですね？　私は女なので、それを実際に見ることはできませんでしたが――……」

少しだけ悔しそうに、れんげは言葉を切った。

「おかしいなと思いました。その陰陽師に聞いた時には二十七宿だと言っていたものが、どうして二十八の星座になっているのかと」

天音から天井絵のあらましを聞いたれんげは、すぐに不思議に思って調べたのだ。スマホを使って。

二十七宿と二十八宿、どちらが正しいのかと。

結果、どちらも正しかった。

二十七宿というのは、もともと二十八個あったものから一つ宿曜を除いたものだったのだ。そしてその除かれた宿曜というのが、牛宿だった。

こんな話がある。

ある時、天下に疫病が広がった。中国の漢王が原因を占わせたところ、天にある天《てん》刑星《けいせい》という星に原因があると出た。

天刑星とはすなわち牛宿。地上では牛頭天王と呼ばれる神である。

帝は大いに哀れみ、天刑星の法を修した。すると牛頭天王が現れ、そして言った。

二十八宿から牛宿を除き、かわりに日々の午の刻のはじめに充てるならば、大きな疫病はもうおこるまい——と。

以降、二十八宿から牛宿は除かれ、毎日午前十一時~午後一時までの午の刻に充てられるようになった。

この仮説を元にして、れんげは『あってはならない星』という牛頭天王の問いに対して、牛宿という答えを出したのだ。

『なるほど、なるほど』

れんげの説明を聞き、牛頭天王は何かを考えるように顎を撫《な》でた。

そして小さく頷《うなず》くと、恐い顔のままで言った。

『正解だ。よう気づいたな』

その言葉を聞いて、張りつめていたものが一気に解けた気がした。気づけばれんげはその場に座り込み、呆然と牛頭天王の巨体を見上げていたのだ。

『れ、れんげ様？』

驚いた天音が飛んでくる。

「よ、よかった……クロ、やっとクロに会える」

れんげは思わず泣きそうになってしまった。そして同時に、自分がどれだけ追い詰められ、牛頭天王の協力を得るために必死だったかということに気づかされた。

『牛宿の存在を感じておったが、長刀鉾であったか』

「探されてたんですか？」

『探すというほどではないが、気になっておった。儂には様々な側面がある。季《き》のやつとの思い出も、いずれ忘れ去られる定めか』

『季』とは漢王朝の初代皇帝劉邦《りゅうほう》の字《あざな》である。

しかしれんげは、牛頭天王の感傷に付き合っている余裕はなかった。

「じゃあ、はやく小薄様に……っ」

約束を守ってもらおうと声を上げると、牛頭天王が小さく首を横に振った。

てやろう』
『しばし待て。渡御は明日だ。明後日、御旅所に参れ。さすればおぬしの願いを叶え

ここにきて、お預けをくらった形だ。

れんげは少し納得がいかなかったが、せっかく協力してくれる気になっているのだから怒らせても困ると考え、言い返したりはしなかった。

祇園祭の最中に牛頭天王の手を煩わせているのはこちらの方なのだからと思い直し、大人しく引き下がる。

「分かりました。それでは明後日に、お邪魔します」

そう言って、れんげは震える足を叱咤して家に帰った。

もちろん、京都駅に寄って『行者餅』を回収することも忘れなかった、虎太郎へのお土産を持って帰路についたのである。

⛩ ⛩ ⛩

翌日、十七日はいよいよ前祭の山鉾巡行の日だ。

れんげは足の裏やふくらはぎに湿布をした状態で、ぼんやりとテレビを見ていた。

KBS京都では朝から山鉾巡行の様子を生放送で中継している。

大抵はここ数日の間に勉強した祇園祭についての情報だが、たまにアナウンサーや解説者が挟む豆知識が面白く、なるほどそういう由来があるのかと興味深く見ていた。

この三日間の間に見て回った山鉾が、音頭取《おんどとり》の「エーンヤーラーヤー」という掛け声を合図にぎしぎしと動き出す。

巡行を一目見ようと、沿道にも多くの人々が詰めかけていた。

昨日見たばかりの長刀鉾を先頭にして、巡行が始まった。

最初の見せ場は注連縄《しめなわ》切りだ。長刀鉾に乗った稚児が、横に張られた注連縄を太刀で切り落とす。これによって神域との結界が解け、巡行を進めることができるのだ。

画面から、稚児の痛いほどの緊張が伝わってきた。

稚児とその補佐を務める二人の禿《かむろ》は、祇園祭の準備期間を含めた一か月半の間気の抜けない日々を過ごす。特に十三日の社参の儀以降は精進潔斎《しょうじんけっさい》を行わなければならず、母親を含めて女性には一切触れられないため食事も父親が用意するのだそうだ。

一方その後方四条境町では、各山鉾町の町行司が奉行役である京都市長に巡行の順番を書いたくじを見せる「くじ改め」が行われていた。

くじは文箱に入れて結び紐をかけられており、その紐を手を使わず扇子を使って解くのが慣例とされる。

大人から子供まで町行司の年齢は様々で、彼らが扇子を振り上げて紐をほどくたびに、歓声が上がった。

今日のために一生懸命練習したのだろう。幼い少年が見事に紐を解くと、周囲からは温かい声援があがっていた。

それを見ていたれんげの顔まで、思わず緩んでしまったほどだ。

そうこうしている間に、先頭を行く長刀鉾は四条通を進み河原町通に行き当たる鴨川から一本西寄りの河原町通を北上し再び御池通で再び西へ進んでそれぞれの町に帰っていくのである。

そしてこの角を曲がる『辻回し』は、山鉾巡行の一番の見せ場ともいわれていた。巨大な山鉾はただ進むだけでは曲がることができない。そこで、車輪の下に竹を敷いて人の力で滑らせて進路を変えるのだ。

音頭取の掛け声とともに、男たちが一丸となって綱を引く。その間も、お囃子は続けられている。敏い人なら、お囃子のテンポが変わったことに気づくかもしれない。

四条河原町は辻回しの中でも特別だ。なぜなら、四条通のまっすぐ先には八坂神社が存在しているからだ。

ゆえに、山鉾は方向転換するこの辻で八坂神社に奉納するお囃子を演奏する。

鉾の側面には、欄縁《らんぶち》に腰かけた囃子方の垂らす房《ふさ》と呼ばれる紐が幾本も垂れ下げられている。

それぞれ色や編み方が独特で、囃子方の演奏に合わせて上下する様は見ていて楽しいものだ。

それにしても、すし詰め状態で五十人近い人が山鉾に乗っているのである。そんな状態で、かつ縦に長い構造上辻回しはよく揺れる。中はともかく屋根の上に乗っている人は怖くないのかと思ってしまう。

それからも続々と、くじの順番に並んだ山鉾が四条河原町を曲がっていく。

長刀鉾のように大掛かりなものから、神輿のように持ち上げて曲がるものなどそのやり方も様々だ。

れんげは小さなテレビ画面を、食い入るように見つめた。

さすが動く美術館と称されるだけあって、見ていてちっとも飽きることがない。

牛頭天王の課題のために全ての山鉾を回ってよくよく観察したつもりになっていたが、やはり巡行の日に見るそれは宵山の日に見たそれとは違って見える。

それもそのはずで、巡行用の特別な懸装品で飾られた山鉾は、コーナーを曲がって出番を終えるとすぐさま解体されるという儚い特色も相まって、より尊く感じられる。

伝統を守り続けようというたくさんの人の意思がなければ、きっとこの姿を見ることはできなかった。

時代が変わり権力のありかが変わろうと、この祇園祭は変わらず続いてきたのだ。

もちろんその長い歴史の中では、大火や戦によって山鉾が焼かれるという困難が幾度も訪れた。応仁・文明の乱の際にはあまりにその被害が大きかったため、三十年ほど祭が中断したほどである。室町幕府は、人々を鼓舞するためそれを強引に再興させた。

見方を変えれば、祇園祭には打ちひしがれた人々の心を変えるだけの力があるということである。少なくとも、当時の幕府はそう考えた。

鷹山《たかやま》という山鉾がある。後祭での参加になるためれんげは目にしていないが、一八二六年から約一九〇年の隔絶を経て、二〇一九年ようやく唐櫃《からびつ》巡行を行うと決まり話題になっていた。

唐櫃巡行とは、山鉾がない代わりにご神体を唐櫃に入れて巡行に参加することであり、更には山鉾での巡行も二〇二二年を目指しているという。

懸装品一つで何千万円とかかるのが山鉾である。それを遥かな時を経て復活させるというのは、並大抵ではない苦労があったはずだ。

その一事を切り取っただけで、町人の並々ならぬ祇園祭への意気込みが感じられるというものである。

さて、山鉾巡行が終わると、次は神輿渡御である。

しかし中継は終わってしまったため、れんげはテレビを消してぼんやりと部屋の中を眺めた。

牛頭天王との約束は明日。

いよいよクロに会えると思うと、ひどく落ち着かない気持ちになった。

れんげは何がなんでもクロに会うつもりでいるが、あちらがそれを望んでいないのは明らかである。

それでもクロの根の国行きを阻止しようと、牛頭天王まで引っ張り出したのだ。もう後には戻れない。そしてそんなれんげを、クロは怒るかもしれなかった。

結果はもうすぐ目の前まで来ている。

泣いても笑っても、もう後戻りすることはできないのだ。

⛩ ⛩ ⛩

翌朝、約束通り四条寺町にある御旅所に向かうと、果たしてそこには昨日まではなかったはずの三基の神輿が鎮座していた。

神輿の前には数えきれないほどお神酒《みき》の瓶子《へいし》が並んでいる。

神輿の後ろには、向かって左には紅白幕。右には青と白が縦じま模様になっている浅葱幕が張られていた。浅葱幕には神聖な場所を示す意味合いがある。

また神輿の隣には、神輿と一緒に運ばれてきたと思われる調度品の数々が並べられていた。太刀、弓と矢、御琴。菊花紋の入った盾。そして何より一番重要なのは、第六十四代円融天皇の勅令が記された勅板《ちょくばん》である。

これらは、八坂神社の氏子組織である宮本組講社しか触れることが許されない。狩衣に身を包んだ宮本組講員が、これらの御神宝《しんぽう》を持って神輿と共に練り歩く様は壮観である。

さて、御旅所に来いとは言われたが、特に待ち合わせの時間などは決めていなかったれんげである。

そもそも、神様と待ち合わせというのも妙な話だ。

人からそんな話を聞いたとして、間違いなく信じない自信がある。そもそも京都に来る前のれんげは、あやかしや神様というものにてんで縁がなかったのだ。

変われば変わるものだと思いつつそこで待っていると、しばらくして道の向こうから信じられないものが歩いてきた。

ポクポクと呑気に歩いてきたのは、四本足の牛であった。

京都の街中に――である。

ここがインドであれば分かるが、ここは日本の京都だ。間違っても野良牛など歩いているはずがない。れんげが呆然と牛を眺めていると、更にその頭に生えた二本の角の間に、何かが乗っていることに気がついた。

牛はまるであらかじめ定められていたかのように、れんげの真ん前で足を止める。目の前までやってきた牛の頭の上には、精巧な男性のフィギュアとしか思えないものが鎮座していた。

『待たせたな』

牛の頭の上にバランスよく胡坐《あぐら》をかいた男が身に着けているのは、まるで日本神話の登場人物が身に着けているようなゆったりとした白の上下で、手首と膝は動きやすいようそれぞれ紐でまとめられている。

髪型も、それに合わせたように左右で美豆良の形に結っていた。よく見ると髭《ひげ》も生やしており、大きさは拳二つ分ほどなのだが、間近で見ると不思議な威厳が感じられる。

『どうした、あに見惚れたか』

なかなか状況が呑み込めないでいるれんげなどお構いなしで、フィギュアのような男は立ち上がって胸を張る。

と言っても、立ったところでやはり牛の顔の方が大きいのだが。

その時、れんげは彼の声に、聞き覚えがあることに気がついた。

その声は、一昨日聞いたばかりの牛頭天王の声だった。

「な、なにしてるんですか?」

『なにとは失礼な。あは約束を違えたりはせぬ。ウカノミタマに話をしに行くという約束であったろう』

「そ、それはそうなんですが……」

やはり、彼はれんげをここに呼んだ牛頭天王その人で間違いないらしい。

だがどうして姿が違う上に小さくなっているのか。その上移動方法に牛を使うなど、質問し始めたらきりがなさそうだ
『ああ、十全の姿でないのは大目に見ろ。一年に一度の渡御で、まさか御旅所を空けるわけにもいかん』

どうやら小さくなっていることに対する言い訳らしいのだが、大事なことは他にもたくさんある気がして仕方ない。

「えっと、でも以前お会いした時と服装が違うような……」

正確には服装どころか大きさも人相も——というよりも顔の数さえ違っているのだが、どこまで追求していいものか悩むところだ。

まあ見た目で言えば、初対面の時の明らかに異国の神といった風貌より、今の方が随分と親しみが持てるのだけれど。

『ああ、今のあは素戔嗚としての側面が強く出ておる。ウカノミタマに会うのならそ

の方がよいと思ってな』

どうやら、目の前の彼には牛頭天王の素戔嗚の部分が大きく出ているという。

どういう原理なのかは分からないが、れんげは深く気にしないことにした。そもそも神様の姿かたちなんて、気にしたら負けだ。

それをいうならそもそも狐のはずなのに平安貴族然とした黒烏や白菊命婦だって、本来なら不自然極まりないのだから。

それにれんげにとってありがたかったのは、一昨日会った時よりも話しやすくなっていることだった。

今の姿なら天音もそれほど脅威を感じないのか、牛頭天王に会う時はいつもしっぽを後ろ脚に挟んでいるのに、今は普通にしている。

それにしても、街中に牛が現れたことも、その牛に話しかけるれんげのことも、道行く人は誰も気に留めない。

何か不思議な力が働いているのだろうが、なんだか狐につままれたような気持ちだ。

ふと、れんげは天音を見上げた。

つまむ側であるはずの白狐は、おっとりと牛頭天王と牛を交互に見つつふわふわと浮いているだけだ。なんだか拍子抜けしてしまう。

『さて、それでは行くか！』

ミニ天王はれんげの肩に飛び乗ると、腕を振り上げて意気揚々と告げた。

どうやら牛は役目を終えたようで、いずこかへと帰っていく。

ここに、人間一人と狐一匹。更に素戔嗚フィギュアが一柱という奇妙なパーティが完成したのだった。

⛩⛩⛩

れんげは京阪本線の祇園四条駅から電車に乗り、伏見稲荷駅で降りた。

ちなみに、妙な一団を連れていてもやはり周囲から注目されることはなかった。おそらく周りからは、れんげは一人で電車に乗っているように見えているのだろう。

伏見稲荷駅は、いつもと変わらないように見えた。

少なくとも、前回来た時から大きく変化した様子はない。

ただ、前回はここにきてすぐ地震のようなものに遭遇したので、ホームに降りる瞬間はひどく緊張した。

駅から目的地である伏見稲荷大社までは少しだけ歩く。

何か変化はないかと、注意深く周囲を観察しつつ駅の外に出た。

「天音。前来た時と何か変わってたりしない？」

問いかけると、天音はにおいを探るように鼻先をひくひくと動かした後、ぶるぶると小さく震えだした。

『血のにおいがします～』

「血のにおい？」

不穏な言葉にぞくりと背中が粟立った。三本あるしっぽの毛が逆立ったと思ったら、すぐにそれを後ろ脚の間にしまい込んでしまった。

まるで、牛頭天王に会うため最初に八坂神社を訪れた時のような――いや、その時以上の怯え具合だ。

牛頭天王も何かを感じ取ったのか、険しい顔をして伏見稲荷大社のある方向を睨みつけている。

『これは少し厄介だな』

「なにが厄介なんです？」

牛頭天王の言葉に、思わず問い返す。

『うむ。大地にウカノミタマの力が満ち満ちておる。だが、それだけでもない。一体これはどういうことだ？　これではあの声が届かぬではないか』

そう言って、牛頭天王は腕組みをした。

小さいので見た目には微笑ましい姿なのだが、言っていることは不穏極まりない。

とにかく、何かとんでもないことが起きているのは間違いないようだった。

「ちょ、その姿で不備があるなら、どうしていつもの姿で来ないんですか！」

思わず批難がましい声を上げてしまったれんげである。

『だから、御旅所は空けられぬと言ったであろーが。年に一度の祭りよ。ぬしには悪いがあちらをなおざりにはできぬ』

牛頭天王の言うことはもっともだったので、れんげは仕方なく黙り込んだ。

そもそも、この件になんの係わりもない彼の助力を得られただけで奇跡のような状況なのである。

それを不満に思ってはいけないと分かっているが、苦労の末にやっとここまできたのだから、不安になるようなことを言わないでほしいとも思う。

緊張からか、れんげは喉の渇きをおぼえた。自動販売機でスポーツドリンクを買い求め、ごくごくと飲む。

天気は晴れ。気を抜くと今にも熱中症でダウンしてしまいそうだ。

京都ならではの蒸し暑さが、ただ立っているだけでどんどん体力を奪っていくような気がする。

「とにかく、行きましょう」

そう言って、れんげは歩を進めた。

案じているばかりでは、何も解決しない。

ここまできたらもう正面からぶつかるしかないと、彼女は決意を固めていた。

⛩⛩⛩

それは異様な光景だった。

平日でも観光客が集まる伏見稲荷大社の境内に、人間が一人もいないのだ。

「どういうこと?」

言いつつも、れんげは不穏な予感を覚えていた。

似たような体験を、幾度もしたことがある。

訳の分からない相手が出てくる時、大抵その場から他の人間が消えたり動かなくなったりするのだ。

更に、前回れんげを追い返した黒烏がやってこないことも、彼女に不安を抱かせる一因であった。

前回は敷地に近づこうとしただけで慌てて現れた黒烏が、姿すら見せないのはどうにもおかしい。

そうこうしている間に、おかしなものがれんげの視界を横切った。

一瞬人間かと思った。

白い着物に浅葱色の袴をはいた、禰宜《ねぎ》さんが歩いているのかと。

だが、そうではなかった。

なぜなら、その人物はまるでお面のような狐の顔でとがった耳を持ち、袴のお尻からは白いしっぽを生やしていたからだ。

それも一人ではない。あちらで掃き掃除をしていたかと思えば、こちらでは何人かで立ち話をしている。袴の色も一色ではなく、白や紫の者もいた。

人がまったくいなくなるのも不気味だが、今のほうがよほど奇妙な光景に思えた。

彼らは人間のように服を来て人のように二本足で立っている。だからこそ、その奇妙さが際立っていた。

「天音！　これはどういうこと？」

同じ狐であるからには何か知っているだろうと、れんげは肩のあたりを漂っていた天音を見上げた。

だが、天音はぶるぶると震えるだけで返事をしない。

「天音？」

もう一度問いかける。

するとその途端に、天音は三本あるしっぽをぶわわと膨らませた。

れんげには知覚できない何かに、ひどく怯えているような反応だった。

「どうしたの？　一体何があったの？」

天音にはれんげの声が届いていないのか、それとも反応する余裕がないほど差し迫った何かが起きているのか。

一向に返事をしない天音に、れんげは焦りを覚えた
「牛頭天王様。天音は一体……？」

肩に乗る牛頭天王には、別段変わった様子はない。

『天音？』

だが牛頭天王が何か言うよりも早く、膨らんでいた天音のしっぽは力を失い、だらんと垂れ下がった。

「天音？」

れんげが呼ぶと、天音はくるりと振り返ってこちらを見た。

いつもはどこかのんびりとした雰囲気を漂わせるその顔が、今はどこか険を感じさせる。目は吊り上げられ、まるで境内にいる人に化けた狐たちのようだ。

「一体どうしたの？」

だが、どれだけ尋ねても返事はない。

天音はにたりと不気味に笑うと、今までとは全く違う声音でこう言った。

『ほう……これはこれは』

それは甘い、女の声のように聞こえた。その瞬間、総毛立つような心地がした。

「あなた、天音じゃないわね？」

れんげのその問いかけは、確信に近かった。

話し方が違う。だがそれ以上に、天音がその身に纏う空気が一変していた。

れんげの問いかけに、天音の体を乗っ取った何者かがくつくつと笑う。

『そう睨むな。悲しくなるではないか』

まるでおどけるような声音だった。

だが、威圧感はちっとも薄れることがない。

れんげはその重圧に耐えるように、手のひらを握りしめた。気を張っていなければ、今にもこの場から逃げ出したくなってしまう。

(クロを取り戻すまでは……絶対に逃げたりなんてできない)

れんげは注意深く息を吐いた。背中にかいた汗が冷たく感じられる。

そういえば、先ほどまであれほど蒸し暑く感じていたというのに、今は背筋がぞくぞくとしてむしろ寒いほどだ。

「天音はどこ？」

れんげは相手を刺激しないよう慎重にそう尋ねた。

尋ねたいことはいろいろあったが、まずは天音がどうなってしまったのかという現状確認が最優先だと思ったのだ。

『ほほ。この白狐は天音というのか』

天音の姿をした何者かは、つまらなそうに前足を舐めながら言った。

「答えて。天音は無事なの？」

れんげは、白菊と相対した時と似た緊張感を覚えていた。以前クロをれんげの元から連れ去った白菊命婦もまた、威圧感を感じさせる相手であった。

だが、今天音の体を使って喋っているのはおそらく白菊ではない。白菊はクロを含めて稲荷神社に仕える狐を大切にしている。

間違っても、こんなふうに体を乗っ取ってどうでもよさそうな態度はとらないはずだとれんげは確信していた。

その時、それまで黙っていた牛頭天王が二人の会話に口をはさんだ。

『おぬし、ウカノミタマではないのか？』

れんげは弾かれたように天音を凝視した。

ウカノミタマといえば、伏見稲荷大社の主祭神であり八坂神社に祀られる八柱御子《やはしらみこ》神《がみ》の一柱でもある宇迦之御魂大神に他ならない。

一ノ峰に祀られる小薄様であり、白菊命婦の夫で黒烏の父でもある。

れんげは早々に目的の相手に遭遇できたことになるが、なぜだかちっとも喜びが湧いてこなかった。

それは多分、こうして天音の体を通して相対しているにも関わらず、恐ろしいほどの威圧感を感じるせいだ。

これが実物だったらと思うと、体の震えが止まらなくなるほど恐ろしく感じた。

牛頭天王と初めて会った時ですら、こんな気持ちにはならなかった。

それはきっと、牛頭天王がその見た目に反してかなり接しやすい神様だったからに違いないのだが。

そもそも黒烏の話では、小薄様は子孫であるれんげに会いたがっていたはずである。

けれど相手からは、ちっともその喜びのようなものが感じられないのだった。

自分が彼の――神様の子孫であるなど、やはり間違いではないかと思えてくる。

れんげは暑さとは違う理由で渇きをおぼえた喉を、ごくりと鳴らした。

クロを引き留められるかどうか、そしてれんげが無事に帰れるかどうかは、全て目の前の相手の気持ち一つというわけだ。

感情の読めない天音の顔と見つめ合う。

時間にして一分にも満たないほどの時間が、やけに長く感じられた。

『これは随分と、変わった神を連れているな』

天音はちらりとれんげの肩に目をやると、無感動そうにそう言った。

「変わったって……あなたのお父さんじゃないの？」

あまりにもそっけない反応に、れんげは思わず声を上げた。無意識に非難するようなニュアンスになってしまったことに気づき、慌てて口元を手のひらで覆った。

だが覆ったところで、一度発してしまった言葉は元には戻らない。

『ほう、父か。面白いことを言う』

相手が気分を害した様子はなかった。だが、れんげの言葉をまともに取り合っている様子もまたないのだった。

『神とはいくつもの顔を持つもの。或いは父かもしれぬな』

そう言って、相手は余裕のある態度を崩さずくつくつと笑った。

『お前はウカノミタマではないな』

牛頭天王が唸る。

『いかにも。我が名は貴狐天王《きこてんのう》』

「〝きこてんのう〟？」

れんげの問いに答えたのは、天音ではなく牛頭天王の方だった。

『天竺《てんじく》からやってきた異国の神だ。別名荼枳尼天《だきにてん》とも言う。そもそもは人の心臓を食らう悪鬼だったが、仏の教えを受け善神となった。だが、今のこれはどうにも善神とは言い難い』

「なんでそんな……」

れんげが驚くのも無理はない。牛頭天王が古くは疫病をまき散らす疫神であったように、荼枳尼天もまたダーキニーと呼ばれる人の血肉を食らう恐ろしい女神であった。

『詳しいな。しかし残念ながら、今の私はお前に懐かしさを覚えない。神は人の信仰で姿を変えるの。悪神は善神へ。国境すらも越えて、人の口から口へと』

まるで舞うように、天音の体は宙をくるりと一回転した。

『まあいい。折角の客だ。手厚くもてなそうぞ』

天音はそう言ったにも関わらず、宙に溶けるように消えてしまった。

辺りを覆っていた威圧感は収まったが、れんげの心臓はまるで早鐘のようにどくどくと大きく脈打っていた。

「一体、何がどうなっているんでしょうか？」

れんげは緊張を解くため大きく深呼吸をした後、牛頭天王に尋ねた。

彼は難しい顔をして、豊かな口髭を撫でている。

荼枳尼天が日本にやってくると、稲荷信仰と結びついたことによって人々に福を齎す神として信仰されるようになった。

最も有名なのが城鎮守としての役割で、戦国時代には多くの武将が荼枳尼天を城の護りとして祀った。

多くの稲荷神社でもかつては荼枳尼天を祀っていたのだが、先述した廃仏毀釈により、仏教の神である荼枳尼天も神社から追われることになってしまったのだ。

『まずはどうして荼枳尼天が強くなっているのか、それを調べるべきだ。これはいかにも、危うい』

「危うい？」

『ダキニ法は外道邪法の一種。通力を得て栄華を極めようが長続きせぬ。その最たる例が清盛《きよもり》入道といったところか』

平泉行きの前に源義経についていろいろと調べたれんげは、栄華を極めた平氏の最後についてももちろん知っていた。

そもそも、れんげが覚えていた『祇園精舎の鐘の音』という書き出しも、平家の栄枯盛衰の無情を謡った平家物語の冒頭なのである。

それにしても、邪法とは穏やかではない。

「邪法って……、それに、黒烏はそんなこと一言も――」

思わずれんげがこぼすと、牛頭天王は不思議そうに首を傾げた。

『その黒烏とは誰だ？』

「宇迦之御魂大神の息子で、私に牛頭天王様を頼るよう言ったのもその人です。人というか、狐かもしれないですけど」

改めて何者なのかと問われると、何者なのだろうとれんげも首を傾げたくなるのが正直なところだ。

見た目はいかにも平安貴族といった感じの貴公子だが、話していてもはぐらかされることが多く未だに謎が多い。

そもそも、ヒントを出すにしてもどうして感神院に行けなどとややこしいことを言ったのか。

ネットで調べてすぐに八坂神社のことだと分かったからいいようなものの、ネットがなかったら今頃は図書館で本の山をひっくり返すことになっていただろう。それでもはたして分かったかどうか。

『ふむ。その黒烏なる者はなぜこんのだ。れんげがあを連れてきたというのに』

牛頭天王の言葉はもっともだった。

れんげ自身、どうして黒烏が来ないのだろうと疑問に思っていたところだ。

気づいてないということはまずありえない。前回は、駅から伏見稲荷大社に向かう参道の途中で現れたのだから。

境内に入ってしまった今、黒烏が気づいていないという可能性は考え辛かった。

『なんらかの事情で来られないのかもしれんな。隠れているのか、或いは荼枳尼天に捕らえられたか』

牛頭天王の物騒な言葉に、れんげはぎくりとした。

その拍子にれんげは気づいた。考えに夢中になっている間に、先ほどまで境内のあちこちにいた狐顔の者たちが、こちらに集まってきていることに。

既にすっかり取り囲まれ逃げられない状況になっていた。

「な！」

『ふむ。もてなしとはこういうことか』

まるで操られているかのように、狐の顔をした者たちがゆらゆらと近づいてくる。

いくら狐の顔をしているとはいえ、その者たちからは感情というものが一切感じられなかった。共に過ごした子狐はあれほど感情表現が豊かであったにもかかわらず、だ。

その不気味さに、れんげは声を上げることすらできなかった。一言でも発すれば、それを合図に狐たちが飛び掛かってくるような気がして。

しかし、古き神の一柱である牛頭天王はさすがに空気に飲まれたりはしなかった。

『白狐風情が、なめるなよ！』

そう叫ぶと、驚いたことに一瞬にして牛頭天王の体がむくむくと膨らみ、あっという間にれんげより頭二つ分は大きそうな大男へと変貌した。

腰には、まっすぐな直刀《ちょくとう》がぶら下げられている。

大きくなった姿を見ると、彼が素戔嗚なのだと心底納得した。

なんとなく最初の印象で牛頭天王と呼び続けていたが、その呼び名は今の姿の彼に相応しくないと思われた。

素戔嗚が剣を抜くと、周囲にいる狐たちがたじろいだのが分かった。

じりじりと狭まっていた輪の縮小が、そこで止まる。

だが、止まったところで既に彼らは半径一メートルほどまで迫っており、抜け出せるような隙間はないのだった。

素戔嗚が周囲を一瞥する。

『そこを開けろ!』

そう一喝すると、怯えたように狐たちが跳びすさった。何匹かは変化《へんげ》が解けて白狐の姿に戻っている。

『囲いを抜けるぞ』

素戔嗚がれんげにだけ聞こえるよう押し殺した声でそう言った。

『言っておくが、今のあにこれらを振り払う力はない。大きくなるだけで精一杯だ』

なんと、先ほどの一喝は虚勢であったらしい。

確かに、祇園祭の最中だから力の一部分しか連れていけないと初めから言っていた。

相手が宇迦之御魂大神であれば説得をするだけのつもりだったので、確かにそれほどの労力もなく問題を解決することができただろう。

だが現れた相手は荼枳尼天だった。これはれんげにとっても素戔嗚にとっても予想外の事態だ。

隙を見せないよう注意しながら、群がる狐たちの間を抜ける。素戔嗚は決して狐たちから目を離すことなく、威嚇し続けた。

そのまま速足で授与所の横を抜け、白狐社へと向かう。

前に狐たちの奇妙な会話を耳にした際、一応白菊に伝えようと祈ったのが白狐社だ。本当に伝わるかはは半信半疑だったが、その後黒烏から接触があったことで白菊にも通じていたと知れた。

「白菊！」

れんげは叫んだ。

白狐社はもう目前だ。幸運なことに、白狐社や奥宮の近辺に狐たちの姿はない。

「聞こえてるんでしょう？　境内が大変なことに……これはあなたの意思なの？」

白菊命婦はれんげにとって気軽に話せる相手ではないが、伏見山とそこに住む狐を守ろうとする彼女のことは信頼していた。

今、境内にいるのはれんげを小薄に捧げて、そのご利益を授かろうとしていた者たちだ。彼らは白菊と敵対している一派だと、れんげは認識していた。

だから、白菊とコンタクトをとることができれば、うまくすれば力を借りることができるかもしれないと、れんげはそう考えたのだ。

「あなたがこのお山を守るんでしょう？　あいつらの好きにさせていいの？」

こんなことを言ってしまっては後でひどい目に遭《あ》わされそうだと思いながら、れんげは必死に訴えた。

素戔嗚の脅しがいつ虚勢だとばれるか分からず、狐たちはじりじりと距離を詰めてくる。逃げるにしても、人がいない異空間ともいえるこの伏見稲荷大社からどう抜け出せばいいのか、皆目見当がつかない。

「このままじゃ……っ」

焦りなのか恐怖なのか、なんとも言えない感情がじわじわと全身を覆っていくのが分かった。どうしてこんなことになったのかと、何度も自問自答してみるが答えなど分からない。

「都合のいい時だけ利用して、見捨ててんじゃないわよ！」

焦りのあまり、思わぬ本音が零れ出た。

橋姫の件といい、あちらの都合でこき使われる割には、こちらの都合を一切汲み取ってくれないことが不公平に思われたのだ。

そしてその瞬間、目の前の景色が一変した。

忽然と、白菊の美しくも険しい顔が現れたのだ。

『人間ごときが……好き勝手言いおって……』

唸るような声を上げたのは、先ほどから名前を呼び続けていた稲荷山のドン。白菊命婦その人であった。

⛩⛩⛩

白菊はぜいはあと肩で息をしていた。ひどく疲れているらしく、白菊と同じ十二単姿の女官たちに付き添われ、床に手をついている。いつも毅然《きぜん》と背を伸ばしている彼女らしからぬ態度だ。

だが床と言っても、目の前に広がっているのは不思議な光景で、上も下も右も左も、どこを見てもひたすら白い他は何もない。遠近感すら掴めず、その空間が広いのか狭いのかすら分からないような状況だ。

そしてれんげは、周囲を見回したことでそこに信じられないものを見た。

黒くてふわふわのしっぽを持つ、他の狐よりも一回り小さな子狐。

そこにいたのは、平泉で姿を消したクロだったのだ。

「あんたまさか……」

信じられないような思いで近づくと、クロは震えながらその場で硬直していた。本物の狐が涙を流すのかは知らないが、クロの目尻には間違いなく朝露のような澄んだ雫《しずく》が浮かんでいる。

「クロ！」

思わぬ再会に、考えるよりも早く体が動いていた。

れんげは飛び掛かるようにして空中に浮かんでいた子狐を腕の中に閉じ込めると、その黒い毛皮に顔をうずめた。

ずっと触れたいと願っていた、懐かしい感触に胸が熱くなる。

「ばか……勝手にいなくなったりして……っ」

決して逃がしはしないというように、れんげは腕の中にその小さな獣を閉じ込めた。

初めはなんとか逃げ出そうともがいた狐も、やがて隠しようもないほど涙をあふれさせ、興奮したようにしっぽを激しく振りたてる。

『れ、れんげ様ー！』

主従の涙の再会に、その場には何とも言えぬ空気が漂った。

小さなフィギュアサイズに戻った素戔嗚はよかったとばかりに頷いているが、白菊は面白くなさそうに扇子を開いたり閉じたりしている。

女官たちは白菊の怒りに巻き込まれてはたまらぬとばかりにどこかへ消え失せ、白い空間はがらんどうのように静まり返った。

「もう、勝手にどこかにいくなんて許さないんだから。私があんたの飼い主なんだからね。勝手に傍《そば》から離れるなんて、契約違反もいいとこなんだから」

『で、ですが、我はれんげ様の力を勝手に……』

嬉しそうにしっぽを振りたてながらも戸惑ったそぶりを見せるクロに、れんげは更に言い募る。

れんげは平泉での出来事を思い出した。

貂《てん》の群れかられんげを守ろうとクロが毛を逆立てると、額の文様が激しく痛み、れんげはふらふらになってしまったのだ。

生まれたばかりの子狐は力が足りない。なので足りない分を補おうと、無意識にクロがれんげの力を吸い取ってしまったことが原因だった。

「勝手にも何も、あんたは私を守ろうとしただけでしょ？　それに、勝手に力を使ったことなんかより、私を置いて京都に帰っちゃったことの方が大問題よ。その上修行のために根の国に行くとか、何考えてるの？　私の寿命はあと百年もないんだからね。あんたがその根の国とやらに行っちゃったら、もう二度と会えなかったかもしれないんだからね！」

今までの鬱憤をぶちまけるかのように、れんげが早口でまくし立てた。

そしてそれを聞いた子狐の反応は、思ってもみないものだった。

『ええ？　たったの百年足らず？』

この返答に、れんげは己の堪忍袋の緒が切れるのを感じた。

「馬鹿！　人間の寿命なんて延びてるとはいえ百年あるかないかだし、私なんて不摂生な生活してたから百年も生きない自信があるわよ！　今二十九だからあと五十年あるかないかよ。あんたたち神様とかあやかしとかとは違うんだからっ」

れんげが誇れもしないようなことを大声で表明すると、子狐は唖然としたように口を開けて目を見開いた。

円《つぶ》らな二つの瞳がれんげを映し出す。驚きのせいか縦に長いはずの瞳孔は真ん丸になっていた。こうしてみるとこの子狐はいかにも幼い。

『そんな……れんげ様が五十年でいなくなるなんて嫌です！』

「嫌じゃないわよ！　今から健康に気を遣うにしたって、寿命が延びても十年ぐらいが精々よ。私はお酒も好きだし、きっとこれから先も飲み続けるし、健康に気を遣って十年寿命を延ばすくらいなら好きに生きて早死にしたいタイプよ。だからっ……私が死んでからなら根の国に行こうがどこに行こうが止めないから、少なくともそれまでは地上にいなさいよ。あんたたちにとって五十年なんて、ほんの少しの瞬きみたいな時間のはずでしょう？」

あまり立派ではない決意を語るれんげの頬を、つるりと涙の雫が滑った。

まくし立てる口調は鼻声になり、ところどころ掠れている。

そんなれんげを見て、クロは前にもこの主人が白菊に逆らってまで自分を迎えに来てくれた時のことを思い出していた。

あの時絶対離れぬと決めたはずなのに、どうしてまたれんげを泣かせてしまったのだろうと心苦しい気持ちになった。

れんげのためを思って離れたはずなのに、こんなに泣かせるのは違うのではないかという疑問が湧き上がってくる。

『我は……今のままでもれんげ様の傍にいていいのでしょうか？』

珍しく殊勝な態度を取る子狐に、れんげは力いっぱい頷いた。

「つべこべ言わずに傍にいなさいよ！　馬鹿！」

『うわーん、れんげ様ー！』

こうして主従は再会を喜び合ったが、それが長引くほどに成り行きを見守る白菊の機嫌は悪化の一途をたどっていた。

『ええい！　いい加減に妾を無視するのはやめい！』

彼女は手にしていた扇子を振り上げると、れんげの頭と子狐の頭にそれぞれ多少の愛ある鉄槌《てっつい》を加えた。

一人と一匹はそれぞれ痛みに顔を顰《しか》めると、互いにしか向けていなかった視線を怒れる狐の総領に向けた。

なんとも言えぬ沈黙が流れ、おずおずとれんげが口を開く。

「あー、白菊様に置かれましては、ご機嫌麗《うるわ》しく……」

『ちっとも麗しゅうないわ！　むしろ麗しくない理由の最たるものがお前だわ！』

怒り心頭の白菊に、流石のれんげも悪いと思ったのか、子狐から手を離し居住まいを正した。

「ええと、危ないところを助けて頂き、ありがとうございます」

れんげがかしこまって礼を言うと、多少気が晴れたのか白菊はいからせていた肩の力をすっと抜いた。

といっても相変わらず鬼のように目は吊り上がっているし、怒りが鎮火していないことは一目瞭然ではあったが。

ずっと成り行きを見守っていた素戔嗚は、気まずい雰囲気を払拭するように磊落《らいらく》に笑う。

『まあなんだ、ともあれれんげの目的が達成されたようでなによりであった』

がははと大きな口を開けて笑う素戔嗚に、白菊はなおさら不機嫌そうになった。

『そもそも、そこもとは何者じゃ？　名のある神とお見受けするが……』

白菊は素戔嗚の顔を知らないようだった。まあ小さくなっている分、力も弱いので分からないのかもしれない。もし彼が八坂神社で会った完全体であれば、天音のようにすぐさま理解することができただろう。

「ああ、こちらはクロ奪還にご協力いただいた素戔嗚様で――」

れんげがそう言うと、不機嫌そうだった白菊が唖然とした顔をしてれんげと素戔嗚を見比べた。

彼女のこんな顔を見たのは、出会って以来初めてかもしれない。

れんげはぼんやりと、そんなことを考えた。

『あ……あなた様が素戔嗚尊にあらせられると？』

『ははは、いかにも。邪魔してすまぬな。そこのれんげに協力するよう頼まれたゆえ』

白菊はなおさら信じられないという顔をして、もう一度れんげと素戔嗚の顔を見比べた。

『根の国にそこな子狐を連れて行かぬようウカノミタマに頼む約束であったが、今の様子であればその必要はなかろう。それではあは祭りに戻るとするか』

そう言って一件落着とばかりに御旅所に戻ろうとする素戔嗚に、白菊が慌てた様子で額《ぬか》ずいた。

『お待ちくださいませ！　これも何かの縁。どうかご子息であるウカノミタマを――夫を救ってくださいまし！』

白菊の突然の懇願に、驚いたれんげと素戔嗚は顔を見合わせたのだった。

⛩ ⛩ ⛩

『実は、お恥ずかしい話なのですが――』

そう言って白菊が語り始めたのは、驚くべき話だった。

稲荷山に住む狐たちは、派閥争いなどをしつつもみな一様に小薄の復活を心待ちにしていたらしい。

だが、いざ復活するという段になって、予想もしないようなことが起きた。

それは、根の国からやってきたのが白菊の夫である小薄――つまり宇迦之御魂大神ではなく、荼枳尼天だったことだ。

ゆえに小薄様に従って根の国に下ろうとしていたクロは行き場を失い、白菊の元に身を寄せていたという。

かつては神仏習合によって同一視される時代があった。しかし廃仏毀釈によって伏見稲荷大社内にあった荼枳尼天を祀る愛染寺《あいぜんじ》が取り壊されて以来、宇迦之御魂大神の茶枳尼天としての側面が現れることはついぞなかった、と白菊はひどく疲れた表情で語った。

『なにか理由があるはずなのです。忌々しいあの女に、小薄様が乗っ取られることなどありえない』

茶枳尼天は白菊とはよほど相容れない存在らしい。

確かに、夫が突然女の、それも元は死肉を食らうような女神になったと言われたら、そう簡単には受け入れられないだろう。

茶枳尼天として仏教の神となってからは信仰の対象になっているが、そんなこと白菊には関係のないことである。

『そもそも、偉大なる宇迦之御魂大神と茶枳尼天を習合させたこと自体、間違っているのです。狐は墓地に巣を作る。故に死肉を食らっているに違いないと決めつけ、無理矢理茶枳尼と習合させるなどという人間の勝手で！』

怒りが蘇ってきたのか、白菊はその細い肩を怒らせ雄弁に訴えた。

別に親しい相手ではないが――むしろ天敵と言っても差し支えない――気位が高く普段は他人に弱みなど絶対見せないような白菊がこうして見るからに追い詰められ消耗している様を見せつけられると、胸が痛んだ。

彼女の態度の原因が、他の狐たちを守るために過敏になっているのだと分かるだけになおさらだ。

もちろん、れんげに同情されたなどと知れば白菊が憤死しかねないので、おとなしく事の成り行きを見守ってはいたが。

『その上、頼りの息子もあやつが復活した折に力を使い果たし、深い眠りに落ちてしまったのです』

「黒烏が？」

れんげはついに黙っていられなくなり声を上げた。

茶枳尼天が復活したのは、おそらく前回れんげが伏見稲荷大社を訪れた時だ。

その時れんげは、山から生えた荒れ狂う無数の狐の尾から、黒烏の結界によって助けられた。黒烏はきっとあの後一人で復活した茶枳尼天に立ち向かったに違いない。

その結果、白菊が言うように力を使い果たし眠りについてしまったのだろう。

それを証明するように白菊はもう一度れんげを睨みつけると、手にしていた扇子を空中に振り上げた。

すると不思議なことに、何もなかったはずの空間に横たえられた黒烏が現れる。八重畳の上に寝かされた黒烏は、まるで死んでいるかのように血の気のない顔をしていた。体の上には着物が掛けられ、その下から白い単衣《ひとえ》が覗いている。

「黒烏！」

れんげは思わず、彼に駆け寄った。

食えない相手ではあるが、だからといって傷ついてほしいと思ったことなど一度もない。むしろ助けてもらっていた関係であるし、やっかいな相手だが同時に彼は恩人でもあるのだ。

そんなれんげのことを、白菊は冷めた目で見ていた。

『我が息子がそれほど心配か？』

平坦に問う声に、れんげは思わず言い返す。

「当たり前でしょ？　何度も助けてもらってるし……それでどうでもいいって言えるような薄情者じゃないわよ」

強い口調で言い返すと、白菊は手にしていた扇子を閉じその先で黒烏を示した。

『ならば手間が省ける。おぬし、口吸いをいたせ』

白い空間に、またしても沈黙が落ちる。

れんげは最初、何を言われているのか分らなかった。

黒烏にキスをするよう命じられていると理解するのには、たっぷり一分の時間が必要だった。

「はあ？」

れんげの裏返った声がこだまする。彼女は信じられないように白菊を指さし、目を見開いて口を閉じることすら忘れていた。

「なな、何言って」

『そうおぼこのように騒ぐでない。男を知らぬわけではなかろうに』

いつも気取っている白菊の口から、まさかこんなあけすけな言葉が飛び出してくるとは思わず、れんげは言い返すこともできず呆然と白菊を見上げた。

『大体、近頃の人間は伴天連《ばてれん》に感化されすぎなのじゃ。昔は夜這《よば》い歌垣《うたがき》あたりまえであったろうに』

白菊は明後日の方向に不満を言うが、今はそんなお小言に付き合っている場合ではなかった。

「そ、それはいいからなんで黒烏にくちす……キスしなくちゃいけないの？」

話を流れを修正すべくれんげが放った問いに、白菊はその美しい眉を顰め不機嫌極まりない顔をつくった。

『それはの、おぬしが小薄様の血を引いておるからじゃ。息と共に力を吹き込めば、目覚めの兆しになるであろう』

「それじゃあ白菊がやればいいじゃない」

『阿呆かおぬしは。母子でそのようなことはできぬ。妾に禁忌を犯せと申すか』

どうやら、親戚はいいが親子はだめという論理らしい。

「そ、それにしたって、なにか他に方法が……」

とかキスを回避しようとするれんげに、白菊はいよいよ般若の顔になった。

『ええい！　本来ならまぐわえと言いたいところを譲ってやっておるのじゃ。おとなしくさっさと口吸いせぬか！』

その時のれんげの心境は、藪をついたら蛇が出たとしかいいようのない気持ちであった。まさか意識のない黒烏とセックスなんてできようはずもない。どころか、意識があったとしても無理だ。

これ以上ごねても事態は悪化するだけだと感じ、れんげは観念することにした。

「わ、分かったわよ。でも、後で黒烏が怒ったらちゃんとフォローしてよね」

なにせ、意識のない相手に勝手にキスをするのだ。

人間同士だったら、強制わいせつで訴えられかねない。

『ふん。黒烏はそのように器の小さい男ではないわ』

白菊が鼻を鳴らす。

それにしても、息子にキスするよう強要する母親とは何なのか。しかもその目の前で本当にキスをしなければいけないなんて。

（まあ、息を吹き込むってことは人工呼吸みたいなもんよね）

キスというより人命救助だと割り切ることにして、れんげは眠る黒烏の顔を覗き込んだ。もとより色の白い肌が青ざめ、丁寧に撫でつけられた髪もほつれて頬に張り付いている。

自分がいなくなった後彼がどんな壮絶な戦いをしたのかと思うと、心底申し訳ない気持ちになった。もしあの日れんげが伏見稲荷大社を訪れなければ、黒烏だってこんなことにはなっていなかったかもしれないからだ。

『れんげ様？　虎太郎殿はどうするのですか』

ここで我に返ったように騒ぎ立てるクロを、白菊が念力のようなもので黙らせた。

「どうするもなにも、どうして今虎太郎が出てくるのよ……」

気が抜けたれんげの脳裏に、虎太郎の穏やかな笑みが浮かんだ。

控えめで心配性で、でも時々思いもよらぬ方向に暴走する年若い同居人。

なんとなく――虎太郎にこのキスのことは知られたくないと思った。

目の前には、青ざめてはいるが鼻筋の通った美男子の寝顔。まるで韓流ドラマにでも出てきそうな顔だ。

（人命救助、人命救助。いや、この場合は狐命救助なのかな？）

そんなどうでもいいことを考えつつ、れんげは黒烏の薄い唇に己のそれをえいやと押しあてた。

虎太郎の甘味日記　～インフルエンサー編～

新しくなった伊勢丹の和菓子売り場を見て以来、虎太郎の中ではある欲求が日増しに大きくなっていくようだった。

それは、自分も人々に知られていない和菓子をもっと沢山の人に紹介したいという思いだ。

アルバイトで亀屋《かめや》良長《よしなが》の店頭に立っていると、やってくるのはやはり女性客が多い。それと意外に多く感じられるのはやはり外国人観光客か。

けれど、当たり前かもしれないが、彼ら彼女らは虎太郎ほどには和菓子のことを知らない。

四季それぞれ期間限定で発売されるお菓子に、意味があり歴史があることを知らない。

何百年も前からあるとされているお菓子だって、人々の好みの変化に合わせて昔より甘さ控えめになっていたりする。

和菓子の世界はずっと時を止めているようで、その実食べる人のことを考えて刻々と変化しているのだ。

特に亀屋良長はその傾向が強いように思う。

パティシエとコラボしたり、体にいい素材を使ったお菓子を開発してみたり、次々と意欲的に新たなブランドを立ち上げている。

なにより虎太郎を驚かせたのは、その厨房で働く職人たちの年齢の若さだ。

もちろん熟練の職人も多いが、若い職人がグループを作って新たな和菓子を社内コンペしていたりと、絶えず変わっていこうとする気概を肌で感じる。

それを見ていると虎太郎もうずうずして、和菓子を作りたいというのとはまた別の、自分の好きなものはこんなに素晴らしいのだということを沢山の人に向けて伝えたくて堪らなくなるのだ。

「たくさんの人に色々な和菓子を紹介したいって言うなら、最近だとインフルエンサーなんかがいいのかもね。虎太郎がやるのは、あんまり想像つかないけど……」

なんとなくそんな話をした時、年上の同居人がぽろりとこんなことを言った。

「インフルエンサー？　それって新型のインフルエンザかなんかですか？」

虎太郎の問いに、れんげはなんともいえない顔をする。

『〝いんふるえんさぁ〟とはなんです？　れんげ様』

新たにれんげについて回るようになった白狐もまた、不思議そうに首をかしげている。

「インフルエンサーって言うのは、ユーザーの消費動向に大きな影響を持つ人たちの事よ。SNSが一般的になるまではテレビタレントとかスポーツ選手なんかのことを言ったんだけど、最近だとブロガーとか、ユーチューバー、インスタグラマーがそれにあたるわね」

カタカナ語ばかりの説明に、天音はよく分からなそうに首をかしげるばかりだ。

一緒に話を聞いている虎太郎もまた、れんげの言葉を咀嚼するのに時間がかかっていた。

ブロガーがブログを書いている人だとか、最近ではテレビ出演もするようになったユーチューバーが動画を配信している人たちだとか、言葉の意味自体は分かるのだがそれが今の話とどうつながるのかが分からない。

「例えば、フォロワーが何万人もいるような人が『これよかった～』って口コミを投稿すると、その商品がたくさん売れたりするでしょ？　インフルエンサーにはそれぞれ自分が得意なジャンルがあって、それをフォローしている人たちもそのジャンルに興味がある場合が多い。だからユーザーに向けてピンポイントにアピールできる。例えば若者向けの化粧品なんかだと、テレビＣＭで老若男女に向けて広告するより若い女性のフォロワーが沢山いるインスタグラマーに『よかったー』って言ってもらった方が少ないコストでも大きなリターンが得られるの。海外なんかだと日本よりもずっと前からそんな風にインフルエンサーを使ったマーケティングが行われていて、最近ようやく日本でも『インフルエンサー』って言葉が一般化しつつある感じね」

一般化しつつある言葉を全く知らなかったと思いつつ、虎太郎は和菓子の情報収集のために登録しているインスタグラムについて考える。虎太郎がフォローしているのは、和菓子店の公式アカウントがほとんどだが、中には全国の和菓子を食べ歩いているような好事家《こうずか》のアカウントもある。

その人がおいしいと言えば自分も食べたくなるし、もし近場なら足を伸ばそうと思うだろう。れんげが言っているのは、おそらくそういうことだ。

それにしても、もともと商社に勤めていただけあって、れんげはさすがにその辺りの事情に詳しい。年齢で言えば若い虎太郎の方がSNSには詳しそうなものだが、いかんせん彼の興味は他の同年代の男性に比べてかなり偏っていた。

「それは……確かに和菓子を紹介できるかもですけど、その……」

ただでさえ、人前に出るのがあまり得意でない虎太郎である。

巨椋《おぐら》や亀屋良長でのアルバイトを経て接客にはかなり慣れてきたものの、相手の顔が見えないインターネット上でそれをやるのはかなりハードルが高く思える。

そんな虎太郎の反応をあらかじめ分かっていたかのように、れんげは言葉を続けた。

「まあ、別に無理にやれってことじゃないわよ。ただ、今は誰でも簡単に情報を発信できる時代だから、方法もなくはないってだけの話」

なんとなく、話はそこで打ち切られてしまい話題は別のことに移った。

けれどどうしてだか、れんげの話がいつまで経っても虎太郎の頭にこびりついては なれないのだった。

五折
宇迦之御魂大神の奪還

『おやおや、寝込みを襲うとは積極的だな』

キスで目を覚ました白雪姫ならぬ狐の貴公子は、さっきまであんなに静かだったのが嘘のように、目覚めてそうそう減らず口をたたいた。

れんげは思わず半眼になり、黒烏の汗ばんだ額をぺしりと叩く。

「これで助けてもらった礼は返したからね」

『ふむ。それにしても、どうしてれんげがここに？　母上に——ええとそちらは素戔嗚尊であらせられるか』

一目でよく分かったなと感心したが、よく考えたら感神院に行けとれんげに指示したのは黒烏であった。

『いかにも。そなたがウカノミタマの息子か？』

素戔嗚が宇迦之御魂大神の父であるとすれば黒烏は孫に当たるはずだが、話はそう簡単ではない。

なぜなら神々の系譜を綴る古事記にも日本書紀にも、宇迦之御魂大神に子供がいるという記述はないからだ。

ではどうしてこの稲荷山では白菊が宇迦之御魂大神の妻として、黒烏がその子供として存在しているかと言うと、ここでもやっぱり神々の習合が関わってくる。

かつて弘法大師《こうぼうだいし》に稲荷山を守ってほしいと頼まれた時、稲荷山の神は妻と子を連れていた。それが白菊と黒烏である。この稲荷山の神が後に宇迦之御魂大神や荼枳尼天と結びついて現在の形になった。

神とは人々の求めに応じて、姿かたちを変えるものなのだ。

『近年は佐田彦《さたひこ》と呼ばれることも多ございますが、古き社の名と同様に母子共々古き姿を保っております』

病み上がりだというのに、黒烏がその場に額ずいたのでれんげは慌てた。

おもちゃのような大きさの素戔嗚はそんな黒烏を見て大口を開けて笑う。

『お主が佐田彦とは、姿をそちらに変えぬのも分からぬではないな』

佐田彦とは猿田彦命《さるたひこのみこと》の別名であり、その猿田彦は見上げるような長身で長い鼻を持ち、目は赤く光っていたと言われている。

れんげはその説明を聞いて、それではいずれ黒烏もそんな姿になることがあるのだろうかと思った。一応口にはしなかったが、何を考えているかは一目瞭然であったらしく黒烏に睨まれたのだった。

『で、問題はいかにして荼枳尼天の側面が強くなったウカノミタマを、元に戻すかという話であったか』

改めて車座になり、今後の方針を話し合う。

クロはといえば、まるで今まで離れていた分を取り戻すかのように、れんげの膝の上で丸くなっている。素戔嗚もれんげの肩に乗っているので、実質白菊と黒烏、それにれんげの三人で向かい合っている形になっている。

「でも、元に戻すにしてもどうしてそうなったか原因が分からないことには……」

『原因ならば分かっておる』

れんげの言葉に、白菊がきっぱりと言い放った。

『どこぞの不届き者が、荼枳尼を祀る邪法を行っているに違いない。それをやめさせれば、小薄様は元に戻るはずじゃ』

「不届き者って、その荼枳尼天っていうのも一応神様なんでしょ？　別に祀っても問題ないいんじゃ……」

『問題ないわけがなかろう！』

白菊に面と向かって怒鳴りつけられ、れんげは鼓膜が破れたのではないかと心配になるほどだった。

肩で息をしている白菊は、よほど今の事態が腹に据えかねているらしい。

『母上、お気をお静めになってください。れんげ、お前は今問題ないと言ったが、ただ人が祈って祀るだけならこのような事態になるはずがないのだ』

母親を宥めつつ、白菊の説明が足りない分を黒烏が補足してくれる。

「じゃあ、今回はそうじゃないってこと？」

『ああ。父の名を騙るあの者からは血の穢れを感じる。おそらくはとうに絶えた禁呪が使われているに違いない』

「禁呪？」

『ああ。荼枳尼天というからには、立川流か、或いは時を経て呪法が失われ歪んだか』

意味の分からない単語の連続に、れんげは首を傾げる他なかった。

すると話を聞いていた白菊が、耳が穢れるとばかりに嫌な顔をして首を左右に振った。長い髪がバサバサと音を立てる。

『陰陽の交わりで神通力を身につけようなどと。人の身で過ぎた願いもあったものじゃ。同じ狐というだけで、今までどれほどの迷惑をこうむったか』

どうやら、その立川流とやらは白菊にとって非常に不愉快なもののようである。

とはいっても、れんげから見ると白菊は大抵いつも不機嫌なので、いつも通りだという感想しか抱けなかったのだが。

「ちょっと、分かるようにちゃんと説明して。その立川流っていったい何なの？」

比較的まともに説明してくれそうな黒烏に尋ねると、彼は苦い笑いを浮かべて詳しい説明をし始めた。

『立川流とは、真言密教《しんごんみっきょう》の中でも男女の和合により悟りに至らんとする一派のことよ』

「だ、男女の和合って……」

嫌な予感を覚え、れんげは自分で要求しておきながら続きを聞くのが嫌になった。

だが、そんなこちらの事情を察してくれる優しさなど黒烏にはない。

『まあ、分かりやすく言えばまぐわいのことよな。男は陽、女は陰。その二つが混ざり合って和合となす。立川流の本尊は髑髏《どくろ》だ。行者の髑髏に漆を塗り、その上からまぐわいによって得た和合水を百二十回も塗りたくる。それが済んだら香を焚《た》きしめ、金箔《きんぱく》を貼りて曼荼羅《まんだら》を描く。最後は目を入れて化粧を施し錦の袋に納める。あとは七年間、毎夜その袋を抱いて眠ると神通力が得られるといった法だ』

自分でも、どんどん嫌な顔になっていくのが分かった。だが黒烏にはそれが面白いようで、嬉々として更に詳しく説明しようとする。

『そもそも百二十回も体力が続かぬから、怪しげな香やら媚薬やらを使うのが通例で、儀式ではそれはそれは激しく――』

「ああ、もういい！　方法はいいから、つまり、そのカルトな邪法とやらを試みてる輩がいると。この令和のご時世に」

はやぶさが小惑星の欠片を持ち帰る時代に、そんな変態宗教を本気にする人間がいるとは思いたくないが。

『別に、まぐわい自体は邪法でもなんでもない。なにせ伊弉諾尊《いざなぎのみこと》と伊弉冉尊《いざなみのみこと》がまぐあわねば、大和は今頃淤能碁呂島《おのごろじま》が一つきりだったろうからな』

そう言うと、何が面白いのか黒烏はくすりと笑う。素戔嗚などは、隠しもせず口を大きくあけて笑っている。

『かっかっか、違いない』

一方で、れんげは全く面白くない。どころか、せっかくクロと再会できたというのに最低最悪の気分である。

「とにかく、それで私に何をしろっての？　そんなカルト信者見つけたところで、私一人の力じゃやめさせるのなんてできないわよ。そりゃ倫理的にはどうかと思うけど、警察にも頼れないし……」

たとえその術者とやらがその邪法で日本沈没を願ったところで、罪には問えないのが今の日本の法律である。

『以前のように、東寺《とうじ》に言って僧兵を送らせればよいではないか』

そんなことも分からないのかと言いたげに、白菊が口をはさむ。

事実、日本がまだ南北に分かれていた頃、立川流の隆盛を危惧した東寺が僧兵を送り込み、攻め滅ぼしたのであった。

だが、それを知らないれんげは大きなため息を吐《つ》く。いや、知っていたところできっと同じ反応をしたことだろう。

「何百年前よ、それ。僧兵なんて、今の日本のどこを探してもいないから」

危機的状況のはずだが、なかなか深刻な空気にならないのは人ではない者たちとの千年単位の壮絶なジェネレーションギャップのせいか。

とにかく、問題のカルト信者探しは完全に暗礁に乗り上げていた。

少なくとも、れんげ一人の力ではどうにも対処できそうにない。

更に言うなら、白菊と黒烏は自分たちの配下の狐たちを守るために力を使っているらしく、荼枳尼天に対抗するどころか隠れているのがやっとのことだった。

そもそも、白菊曰くあの荼枳尼天は同時に宇迦之御魂大神の側面も持っているので、間違っても敵対することはできないというのだ。

素戔嗚は素戔嗚で、ここに来ているのは本体のごく一部でしかなく、使える力も弱くとてもではないが荼枳尼天に対抗できないとのことだった。それでも御旅所には帰らず付き合ってくれているのだから、なんだかんだでいい神様なのだと思う。

ちなみに、れんげたちが最初に遭遇した狐の顔をした者たちは、以前神田で見かけた白菊と敵対する勢力の狐たちらしい。

荼枳尼天の復活と同時に、なぜかその狐たちの力も強化されたのだそうだ。

「じゃあ、あの狐たちがその立川流の信者と繋がりがあるってこと？」

一部の狐だけ力が増しているというのなら、その狐と信者の間には何らかの接点があると考えるのが普通である。

『その可能性は高い。そもそも力とは、何百年もかけて徳を積んで得るものだ。突然力が増すなど、普通では考えられん』

黒烏の同意を受けて、れんげは少しだけ希望が見えてきた気がした。

「じゃああいつらを見張ってれば、その怪しいカルト信者を見つけられるかもしれないわけね」

れんげがやる気になっていると、今までなんでもないような顔をしていた黒烏が少しだけ顔を顰めた。

『ああ。だが、決して油断はするな。先ほども言ったように、この呪術からはなにやら血の穢れを感じる。立川流には髑髏の上から女性の経血を塗る呪法もあるが、これはなにやら様子が違――』

「ああ、もうそういう話はいいから！」

もうカルトな話はたくさんだとばかりに、れんげは黒烏の言葉を遮った。

「理論はいいから何をすればいいかだけ教えて。とにかく、その信者を説得して妙な儀式をやめさせれば小薄様を元に戻せる。そうでしょ？」

多少の身の危険は感じつつも、れんげはやる気だった。

クロが帰ってきたとはいえ、稲荷山を今の状態のまま放置することはできない。なにせここはクロの故郷であり、白菊と黒烏が大切に護り続けてきた土地なのだから。

れんげ自身、京都に滞在し始めてから少なからず世話になっている。その恩を返す時だろうと、自分に喝を入れた。

すっかり観光地となった稲荷山には、未だに多くの狐が住んでいる。もちろん動物としての狐ではない。神の使いたる白狐たちである。白菊は新たに狐が生まれないと嘆いていたが、それでも今いるだけで大層な数だ。

ふと、れんげは荼枳尼天にのっとられ、去っていった天音のことを思い出した。態度が百八十度変わってしまった白狐が今頃どうしているか、想像するとなんとも言えない気持ちになる。

「ごめんね黒烏……」

思わず、れんげは天音を付けてくれた黒烏に謝罪の言葉を口にした。

『何がだ?』

すぐには思い当たらないのか、黒烏は首を傾げている。

「天音のこと、もっと注意して見ててあげなくちゃいけなかったのに……」

東京から京都に異動になったのだと、誇らしそうに話していた天音の顔が蘇る。一緒に行動している間はどうしてもクロと比べてしまうことが多く、もっと優しくしてやれたのではないかと今になって後悔が湧いた。

だが、次の瞬間黒烏の口からもたらされたのは、信じられないような話であった。

『天音とは誰だ？』

れんげは呆然と黒烏を見つめ、しばらく言葉を発することすらできなかった。

⛩⛩⛩

とにかく狐たちと立川流の信者が接触するのを待とうということになり、れんげは白菊らと共に結界の中から伏見稲荷大社の様子を見守ることになった。

現在、白い空間にはまるで巨大スクリーンのように上空から見た伏見稲荷大社の光景が映し出されている。

この白い空間は白菊の張った結界の中で、こちらの気配を一切外に漏らさぬようにするためのものらしい。なんでこんなふうに逃げ隠れしなければいけないのかと白菊は悔しそうにしていたが、守る者がいるので迂闊なことはできなかったのだろう。最初に見た女官たちのように、ここには目に見えないだけで白菊側の狐たちが大勢潜んでいるとのことだった。

外の様子を見張っている間、れんげは天音についても黒烏から話を聞き情報を整理した。

まず、黒烏は天音という狐をれんげの見張りにはつけていなかった。

それに、れんげと別れた後黒烏は例の巨大なしっぽの被害を抑えるために力を使い果たし、それ以降は今までずっと眠っていたそうだ。これは黒烏の体を保護したという白菊からも裏付けが取れた。

この時点で、天音が言っていた黒烏に命じられてという話は、全て嘘だったということになる。

（どうしてそんな嘘を……）

れんげが天音の呑気な顔を思い出していると、ずっと黙って話を聞いていた素戔嗚が口をはさんだ。

『のう。先ほどから言っている天音とやらは一体なんなんだ？　たしか荼枳尼天が現れた折にも、そのようなことを叫んでいたが』

不思議そうな顔をする素戔嗚に、今度こそれんげは言葉を失った。

「え？　だって最初に八坂神社を訪ねた時から、ずっと私と一緒にいたじゃないですか。白い狐が」

そうだ。天音はずっとれんげと行動を共にしていた。八坂神社で牛頭天王に出会った時も、晴明神社に安倍晴明を訪ねた時も、確かに一緒にいて話をしたのだ。

だが、れんげはここであることに気づく。

それは、牛頭天王や安倍晴明と喋ったのはれんげのみで、天音はその間一切口を挟まなかったということだ。

「まさか、ずっと私にしか見えてなかったの……？」

だが一方で、虎太郎には見えていたはずだ。家で一緒に、行者餅を食べたのだから。

人間である虎太郎には見えて、牛頭天王やおそらく安倍晴明には見えていなかった。

それがどういうことなのか分からず、れんげはひたすらに混乱した。

『あには、荼枳尼天を名乗る狐が突然宙に現れたように見えた。話の流れから察するに、あの白狐の体はそれまで天音と名乗りれんげと行動を共にしていたと……』

素戔嗚は胡坐をかいて腕を組むと、まるで地の底から響くような低い声で唸った。

『あが気づかないほどとなれば、余程の力の持ち主だな。一介の神使などではありえん。神でなくては——それもよほどの名のある神だ』

「それは、荼枳尼天とはまた別の……」

『荼枳尼天であれば、あが気づかぬはずがない。だが、その神が乗っ取られたとなれば、この境内における荼枳尼天の影響は余程強いということ……。ううむ、さてはその信者とやら、本尊の髑髏をこの境内のどこかに隠したな』

「ええ？」

れんげの声が裏返る。

先ほど黒烏の話に出た気味の悪い髑髏が、そんな近くにあると思うと寒気がした。

一方で、黒烏は得心がいったとばかりに素戔嗚の話に乗る。

『であれば、呪力を高めるためにできるだけ人の歩く場所に埋めるはず』

『ふむ、蟲術《こじゅつ》だな。呪物を多くの人間に踏ませることで、呪いの力を強める。有名なのは狗神《いぬがみ》か。犬の首を土に埋め人に踏ませることで怨嗟《えんさ》を高め呪殺《じゅさつ》をなす。そもそも立川流とは密教と陰陽道が混ざり合ったものではあるが——やれやれ、時を経て儀式は大いに歪んだようだ。仮にも神とする本尊を宮の土に埋めるなど』

素戔嗚の言葉が、れんげには全く理解できなかった。

そもそも科学の発達したこの時代に、本気で呪いを行おうなんて人がいること自体、未だに信じられないのだ。

れんげも京都に来てクロに出会わなければ、そんな怪しいオカルトとは死ぬまで関わることはなかっただろう。

「どういうこと？」

れんげの問いに答えたのは黒烏だった。

『いろいろと混ざり合っているということだ。時を経て失われた呪法も多い。様々な呪法の伝わっている部分だけをつなぎ合わせて、歪《いびつ》な法を成した。本来なら何も起きずに終わるはずが、父の復活と時を同じくしてこの稲荷の下に埋めたこと、荼枳尼天を祀る立川流の儀式を行うことで、歪みながらも成立してしまった。期せずして、打ち捨てられていた荼枳尼天を呼び起こしてしまったということだ』

「つまり、この騒動は偶然ってこと？」

『一概に、そうとも言い切れぬ。悪意をもって呪法を成したのは間違いないのだから』

彼らと話していると、どんどんその呪法を行ったという犯人の異常性が際立っていくようだった。

そんな相手とこれから対峙《たいじ》するのだと思うと、いくら抑えても少しの油断で体が震えそうになる。

れんげは虎太郎の顔を思い出した。せめて彼がここにいれば、少しは心強く思ったかもしれない。

だが一方で、こんな恐ろしいことに彼を巻き込むことはできないと思った。

その時、まるでれんげの考えを読んだかのように携帯が鳴った。

画面を見ると、虎太郎の名前が表示されている。一瞬出るか迷ったが、出ないのもおかしいと思いれんげは通話のマークを押した。

『もしもし、れんげさん今どこですか？　飲んではるんなら俺迎えに行きますから』

開口一番早口で言い切った虎太郎に、れんげは唖然としてしまう。

「ちょ、いきなりどうしたの？　今は伏見稲荷に来てて、別にお酒を飲んだりなんてしてないわよ」

まるでいつも飲んだくれているみたいじゃないかと思いながら言い返すと、携帯の向こうから虎太郎の戸惑いが伝わってきた。

『こんな時間にですか？』

「こんな時間にって……え？」

一体何時なんだと思ってスマホの画面を見ると、そこに表示されている時刻は夜中の一時過ぎであった。

一体いつの間にこんなに時間が過ぎたのだと驚き、れんげは咄嗟《とっさ》に近くにいる二柱の顔を交互に見た。

だが、れんげの疑問に答えたのはそのどちらでもなく、奥で我関せずとばかりにくつろいでいた白菊の方だった。

『この結界の中は、外とは時間の流れが異なる。もう外はとっくに夜じゃぞ』

あっさりと告げる白菊に少しの殺意を覚えつつ、れんげは虎太郎に意識を戻した。

「と、とにかく、迎えは大丈夫だから。明日も早いんだから先に寝てて。私のことは気にしなくていいから」

『でも、危ないですよ。物騒な事件も起きてるんだし――』

「大丈夫だって。じゃあ先に寝てて。おやすみ！」

強引に話を打ち切って通話を切ると、黒鳥がなにやら面白がるような顔でこちらを見ていた。

『はは、妬けるな。まるで甲斐甲斐しい夫のようではないか』

虎太郎との会話を揶揄され、れんげの顔が真っ赤に染まる。

「ちょ、変なこと言わないでよ。こんなおばさんとくっつけられたら、虎太郎がかわいそうでしょ」

『おっと、己の気持ちは否定せぬのか？　つまり、そなたはまんざらではない、と』

勝ち誇ったような黒烏の問いに、れんげは何も言えなくなり黙り込んでしまった。

正直なところ、心配して電話をかけてきてくれたことには喜びを感じていた。だが同時に、十歳近く年下の相手にそんな感情を抱いていることに、れんげは戸惑いを隠せなかった。

そもそもが、民泊のマッチングサイトで宿泊を依頼しただけの関係だ。

それがずるずると滞在を延ばし、その上虎太郎の優しさに甘えて様々なあやかしを連れ帰ったりしている罪悪感は、どうしても拭いきれなかった。

少し前に抱きしめられて京都に残ってほしいと言われたが、それも仕事について相談に乗ってほしいからで、決してそこに特別な感情があるからではないとれんげは理解していた。

そんなことをうだうだ考えていると、いきなり白菊の鋭い声が耳に突き刺さった。

『きよったぞ！』

弾かれたように、れんげたちは白い空間に浮かぶスクリーンを見る。

するととっぷりと日が暮れた稲荷山の森の中で、例の狐の顔をした者たちが何かを取り囲むように集まっているのが見えた。

その中心には、黒づくめの格好をした男が見える。男は一心不乱に、シャベルで土を掘り返していた。

こんな夜中に、神社に穴を掘る人間なんて、只者であるはずがない。

「じゃあ、いくわよ」

ごくりと息を呑み、れんげは己を鼓舞するようにこぶしを握った。

⛩ ⛩ ⛩

「ちょっと」

れんげが声をかけると、穴を掘っていた男とその周囲に集まっていた狐たちが一斉に顔を上げこちらを見た。

そのえもいわれぬ迫力に、れんげは握っていたこぶしに更に力を入れた。

「……なんだ、お前」

それは、前髪の長い陰気な男だった。ガリガリに痩せていて目の下には隈があり、よれた服を着てひたすらに穴を掘る姿は、鬼気迫るという表現がぴったりだ。

これなら不審者ということで警察に通報してもよかったかもしれないと、れんげは少しだけ後悔した。

男がいるのは静まり返った森の中で、遠くの外灯の明かりだけがかすかに届く静かな場所だ。だが昼間であれば、奥宮から戻る近道としてある程度の人通りがあることをれんげは知っていた。

そう、彼が地中に埋めた呪物を、人に踏ませるために。

男は、感情の読めない目でじっとれんげを見つめていた。大きくなった素戔嗚と黒鳥が両隣にいるのだが、視線が一度もそちらに向かないところを見ると男には二柱が見えていないらしい。

そして、男を取り囲む狐たちもまた、彼には見えないのだろう。

狐たちは、男が何かを掘り出すのを今か今かと待ち望んでいるようだった。おそらく、男が掘り出している物こそこの狐たちの力の源であろうことが見て取れた。

「ああ、あっちへ行け！」

男は、まるで久しぶりに喋ったとでも言いたげに声を裏返して叫んだ。

「行かないわ。私は、何してるのかって聞いてるの」

「黙れ！　どこか行かないとひどい目に遭うぞ」

言いながら、男は穴の中を探り土に汚れた袋を取り出した。

黒烏たちの話が本当であれば、そこには髑髏が入っているはずだ。だが、れんげにはその袋に包まれた何かがとても小さいように思えた。人間の頭蓋骨であれば、あんなに小さくにはならないはずだ。

『貴様……っ』

一足先に、黒烏は中に何が入っているのか察したようだった。いつも余裕のある態度を崩さない顔に皺を寄せ、怒りをあらわにする。

彼の周囲に狐火が飛び、それを目にした袴姿の狐たちは、畏れ慄いたように黒烏から距離をとった。

「な、なに⁉」

まるでガソリンが引火したかのような黒烏の怒りの爆発に、隣にいたれんげは驚きの声を上げた。

それを自分に対する恐れだと勘違いしたのか、痩せた男が気味の悪い笑みを浮かべて笑い声を上げる。

「ひーっひっひ！　最初からおとなしく逃げておけばよかったんだよ！」

そう言って、男は手にしていた物から汚れた袋を取り払った。

中から出てきたのは、黒い動物の頭蓋骨だ。だが、どう見てもそれは人間のものではなかった。

人間よりも小さくネズミよりも大きそうなその頭蓋骨は、大きさで言えば犬か猫ぐらいの、なにやら尖った鼻先をもつ動物のようだった。

そして黒烏の怒り具合から、れんげはすぐにその頭蓋骨の正体を察した。

「まさか、狐……？」

れんげの呟きを拾ったのか、正解だとでも言うように男はその黒い頭蓋骨を両手で天に掲げた。

「今頃気づいても遅いんだよ！　荼枳尼天様。この女を呪い殺してくれぇ！」

立川流の髑髏は神通力を高めるためのものだが、動物の首を埋めるのは人間を呪殺するための儀式だと素戔嗚が話していたことを思い出す。

この男は本気でれんげを呪い殺すつもりなのだ。

そう思うと、恐怖よりも気味の悪さを感じた。

呪い殺すなんてできるはずがないと思い、本気でそれを願っている男の狂気をれんげは嫌悪した。

だが、混ざり合った呪詛は歪な形で結実した。

男の叫びに応じて、天音の姿をした荼枳尼天がその場に姿を現したのだ。

『私を呼んだのはお前か』

それは厳《おごそ》かな声だった。押しつぶされそうな威圧感も相変わらずだ。周囲にいた狐たちは一人残らず平伏した。天音の周りには曼荼羅が浮かび、黒かった天音の目が血のような赤色に怪しく光っている。

「あぁ！　荼枳尼天様、どうか俺に力をっ。俺を馬鹿にしたやつらに、一人残らず地獄の苦しみを味わわせてやるんだ！」

どうやら、それが男の願いのようだった。

彼は魅入られたように荼枳尼天に釘付けになっている。

このまま好きにさせておくわけにはいかないと、れんげは思い切って男に体当たりをした。そして男が取り落とした狐の頭蓋骨を、すんでのところでキャッチする。

それは奇妙な質感だった。漆によって黒光りし、頭頂部には金箔が張られている。まるで触れた部分から、体が侵食されていくような気持ち悪さがあった。何よりも、手にしただけで鼻をつく鉄錆《てつさび》のようなにおい。

「これは……血のにおい」

『れんげ、触れるな！』

素戔嗚が叫んだが、とっくに手遅れだった。

まるで血のにおいに酔ったように足元が覚束《おぼつか》なくなり、目の前が真っ赤に染め上げられていくような気がした。

目に映る者が全て、憎くてたまらなく思えた。

自分を裏切った上司も婚約者も、いっそこれで殺してしまおうと――……。

『れんげ様ー！』

その時、呆然自失となったれんげの耳に子狐の声が響いた。

今にも飛びつこうとする子狐を、黒烏が抱えて押さえつけている。

そして黒烏は、髑髏に乗っ取られつつあるれんげがクロの呼びかけに反応したことを見逃さなかった。

『クロ！　おぬし、れんげともう一度誓約《せいやく》を交わせ。このままではれんげが荼枳尼天に呑まれるぞ』

『そんな！　れんげ様ーっ』

自分の名を呼ぶクロに手を伸ばそうと思うのに、まるで張り付いたように髑髏から手が離れない。

するとまるで頭に直接語り掛けてくるように、荼枳尼天の声が聞こえた。

『人間、小薄の血を引く者よ。そなたの願いを叶《かな》えてやろう。憎い相手を我が力で屠《ほふ》ってくれようぞ』

荼枳尼天の呼びかけは、まるで甘い誘惑だった。

上司や理《おさむ》への憎しみなんてすっかり吹っ切れたつもりでいたにもかかわらず、どうしてかその声に従いたくてたまらなくなってしまうのだ。

それは悪魔の囁《ささや》きにも似ていた。

少しでも気を抜けば、今にも従ってしまいそうな。

だがその時、黒い塊がれんげに向かって飛び込んできた。ふさふさとしたしっぽに金の玉を持つ子狐が、陶然《とうぜん》とするれんげの視界に飛び込んできたのだ。

その驚きは、れんげの気を逸らすのに十分だった。

『れんげ様ー!』

子狐はその柔らかい無防備なお腹でれんげの顔に張り付くと、額にすりすりと頬ずりをしてきた。

『れんげ様。再び我と誓約を。我が名を呼んでくだされ!』

クロの決死の叫びに、胸が熱くなった。クロの体は震えていた。だがそれでも、子狐は決してれんげから離れようとはしなかった。

れんげは思うようにならない体を叱咤し、荼枳尼天の誘惑を振り払う。

強張った口はちっとも思うように動かなかったが、子狐の願いを叶えないわけにはいかないと思った。

「ク……ロ……」

初めは、その場しのぎでいい加減に付けた名前だった。

けれどいつしか、その名前がとても愛しいものに変わった。自分の人生に欠かせないものになってしまった。

れんげの額とクロのしっぽについている玉が光を放つ。

朦朧としていた意識は冴《さ》え冴《ざ》えとし、れんげは手にしていた頭蓋骨を手放し子狐を抱きしめた。

「クロ、ありがとう」

それは本当なら、平泉で助けてくれた時に伝えていたはずの言葉であった。

恐がりで甘い物が好きで悪戯好きで。けれどれんげを守るために必死に立ち向かおうとする子狐にこそ相応しい言葉であった。

『くそっ』

れんげを誘惑しようとして失敗した荼枳尼天は、慌てて宙を駆け呪物である頭蓋骨を拾おうとした。

だがすんでのところで、その前足は届かなかった。

『今の時代に、このようなものは必要ない』

そう言って、拾い上げた頭蓋骨を握りつぶしたのは素戔嗚であった。

同時に彼の体が、どんどん薄れていく。

『ふう。これで正真正銘空っぽじゃ。あはもう帰らせてもらうぞ』

そう言って、祇園祭に忙しい素戔嗚はその場から姿を消した。後に残ったのは、粉々に砕けた黒い髑髏の破片のみだ。

『くそぉー！』

茶枳尼天が絶叫する。ひれ伏していた狐たちはその声に驚き、散り散りになって逃げだした。れんげに体当たりをされた男は、倒れた拍子に頭を打ったのか未だその場に倒れ込んだままだ。

『いい加減に去《い》ね。本来おぬしはそのような神ではなかろう。茶枳尼天よ』

髑髏が砕け散ったからか、黒烏の放つ狐火は一層勢いを増していた。それに気圧《けお》された茶枳尼天が、空中でじりじりと後退する。

息を呑んで、れんげはその様子を見守った。

すると黒烏の後ろに、今が好機とばかり白菊まで現れる。そして白菊命婦の後ろから、たくさんの白狐たちが飛び出してきた。どうやら今まで彼女が保護していた神使たちらしい。

白狐たちは逃げて行った袴姿の狐たちを追い駆け、次々に捕らえていった。こちらも髑髏の力がなくなったからか、人の形からどんどん縮んで他の狐たちと見分けがつかなくなる。

捕らえられた狐たちは、観念したというように疲れ切って抵抗する様子もない。

『くそう、こうなれば！』

そう言って、荼枳尼天は天音の体を捨て、黒い靄《もや》のようなものになり倒れ込んだ男の体に取り憑《つ》こうとした。

再び体を得られては面倒だと思い、れんげは慌ててその行く手を遮ろうとする。

『れんげ様！　だめですっ』

クロが叫ぶ。だが咄嗟のことで、れんげは体の動きを止めることができない。

そのまま黒い靄は方向を変え、まるで最初からそれが狙いであったかのようにれんげの胸に飛び込んできた。

目の前に黒い靄が広がり、その靄に触れた胸がひやりとする。

このままではまずいと焦ったその瞬間、夜の静かな森を貫く目が焼けるような強い光が放たれた。

『ギャアー！』

黒い靄は光を浴びたれんげの体からはじき返され、その眩い光に照らし出されたことで断末魔の叫びをあげ消え去った。

あまりの眩しさに手をかざしながら視線を向けると、そこには光る曼荼羅を背負った天音が浮かんでいた。

他の狐たちが行儀よく整列し、次々に額ずいていく。

れんげはその光景を、呆然と見上げた。

天音が、ただの狐ではないことは分かっていた。黒烏に頼まれたと嘘をつき、れんげについて回っていたことも。

では天音とはなんなのか。

黒烏と白菊もまた、白と黒の大きな狐に変わり天音に額づいた。

その時、れんげの中に答えのようなものがすこんと落ちた。

「あなたが、小薄様なの？」

確信を持って尋ねると、天音は己の髭を前足で整えてからにこりと笑って言った。

『いかにも。よくぞ気づいた』

天音を名乗っていた狐が老獪に笑う。

「気づいたのはついさっきです。最初からあなたはすぐそばにいたのに、ちっとも気づきませんでした……」

れんげが拗ねたように言うと。白狐は愉快そうに笑い声をあげる。

『いやいや、随分と楽しい時を過ごさせてもらった。我が子孫と共に町をそぞろ歩くとはなんたる僥倖。改めて礼を言うぞ』

なんと天音こそが、小薄様だったのだ。

しかし礼を言われたところで、れんげはちっとも嬉しくない。

むしろやられたと、忸怩たる思いだった。思えば、再会した時から違和感はあったのに、牛頭天王に気を取られていたせいで深く考えることをしなかったのだ。

こんなにとぼけた狐だっただろうかと、京都で会った時は確かにそう感じた。

だが、東京で会った時は天音を深く知るほど共に時間を過ごしたわけではなかったので、たいして気にすることもなくそのまま流してしまったのだ。

結果的に、東京で会った天音と京都で再会した天音は全くの別人――いや、別狐だった訳だ。小薄様がまさか天音に化けてすぐ近くにいたなんて、れんげは考えもしなかった。

小薄に悪意がなかったからいいようなものの、もし天音に化けていたのが彼ではなく他のあやかしだったらと考えるとゾッとする。

「でもどうして天音に化けたりなんてしたんですか？」

れんげの言葉に責めるようなニュアンスを感じたのか、白菊が全身の毛を逆立てて怒鳴りつける。

『これ、無礼な口を利くでないわ！』

一方で小薄様はちっとも気にせず、よいよいとばかりに前足を宙で掻いている。

その目は優しく細められていた。見た目こそ狐だが、態度は温厚な老爺そのものだ。

だがずっと天音に化けて知らん顔をしていたことを考えると、その性格はどうにも一筋縄ではいきそうになかったが。

れんげはごくりと息を呑み、小薄様の言葉を待った。

『そのように気安く話してほしかったのじゃ。子孫にまで畏まられとうなかった』

こう言われても、自分が神の子孫であることにれんげは未だに懐疑的だった。ついこの間まで親戚の存在すら知らなかったのだ。それが突然何代も前の先祖でなおかつ人間ですらないと言われても、そうやすやすと納得することはできない。

だが、納得するしかないということもまた、分かっている。

他の人には見えないであろう景色が、すぐ目の前に広がっているのだから。

「それに、どうしてお山を荼枳尼天の好きにさせていたんですか？　そのせいで黒烏は意識を失うぐらいひどい目に遭ったんですよ」

神様を批難するなど畏れ多いと分かっていても、どうしても言わずにはいられなかった。それは黒烏を復活させるための行為が不本意だったからではなく、必死でお山を守ろうとした彼にどうして助力してくれなかったのかという不満からだ。

小薄様は少し驚いたように目を丸くした後、困ったように首を傾げた。

『荼枳尼天もまた、習合した儂の一つの面《かお》じゃ。荼枳尼天が強くなれば、小薄としての意識と力は弱まる。何事もそうして調和を保っておるのじゃ』

なんだかそれらしい説明で、煙に巻かれている気がして仕方ない。

すると不満げなれんげに、小薄様は更に語り掛けた。

『許せよ。どうしても東国へ赴いた一族の子孫に、一目会いたかった。まみえるのはこれが最初で最後となろう。儂は再び根の国に赴かねばならぬ』

東国へ赴いたというのは、れんげの祖先たちのことだろう。そして彼らが、西に戻ることはついぞなかったというわけだ。

そうまでして会いたかったと言われれば、一方的に責めることもできなくなってしまう。相手は人外の者には違いないが、東に旅立った子孫のことをずっと気にしてくれていたのだから。

「……それで、実際に会ってみて感想は？」

照れ隠しでれんげが尋ねると、そう返されるとは思っていなかったらしい小薄様は驚いたように薄く口を開けた。

『うむ。情熱を持って狐を大事にする良き人間じゃ。おぬしならば、そこにいる新たに生まれた善狐も任せられる』

『小薄様……』

こわごわと成り行きを見守っていたクロは、まさか自分の話になると思っていなかったのか感動に震えていた。

一方で、れんげは態度にこそ出さなかったが随分とほっとしていた。

小薄様の命令があれば、もう絶対にクロが根の国に行くことはないだろう。

そうして、その場に穏やかな空気が流れた。

いろいろと大変なこともあったが、終わりよければすべてよしだ。

「じゃあ、私はそろそろ……」

帰ると言いかけて振り返ったところで、れんげは動きを止めた。驚いて息を呑む。

さっきまで倒れていたはずの男が、いつの間にかいなくなっている。

どこにいるんだと視線を彷徨わせたれんげの目に、こちらに向かって歩いてくる男の姿が映った。

その手には、ナイフのようなものが握られている。

「誰もいねぇところに話しかけて気味が悪ぃ女だな。俺の野望を台無しにした償いは、地獄でしやがれってんだ！」

だんだんスピードを上げ、男はついに走り出した。

そこからは、時の流れがやけにゆっくりと感じられた。

覚悟を決める時間もなく、だが刺されるのだとはっきり認識したその瞬間。

「れんげさん、危ない！」

大きな影が、叫びながられんげの前に飛び出した。

そしてそのまま、ゆっくりと崩れ落ちる。

「え……？」

狐たちが、犯人に絡みつきその動きを封じる。

だが、それは一歩遅かった。男の持っていたナイフは、れんげの前に飛び出してきた影にしっかりと刺さっていたのだ。

「虎太郎！　なんでっ」

夜の森の静寂を、れんげの悲痛な叫びが切り裂いたのだった。

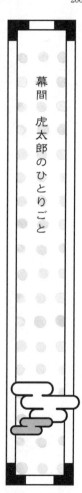

幕間　虎太郎のひとりごと

虎太郎は焦っていた。

憎からず思う同居人が、連日疲れた様子で帰ってくる。

お供の黒狐を探しているから仕方ないとはいえ、物騒な事件が起きているので暗くなってから外を出歩くのは控えてほしかった。

祇園祭が最も盛り上がる宵山の晩、虎太郎が喧騒に疲れて帰宅すると、驚いたことにれんげはまだ帰っていなかった。

時刻は十時過ぎ。日暮れ前に帰った方がいいと何度も言ったのに――そしてここ数日その約束は守られていたのに――今日に限って遅いと心配になってしまう。

宵山の歩行者天国は二十三時まで。市街地は現在盛り上がりのピークにあるだろう。

連絡してみようかと携帯を取り出して、画面をじっと見つめる。

着信はなし。メッセージの類もない。

れんげはしっかりとした性格の大人の女性だ。自分が心配するなんておこがましいと思いつつも、なにかあったんじゃないかという不安が頭から離れない。

こんなにも、誰かが気になって仕方がなかったことなど今までなかった。

そもそも虎太郎は家族の縁が薄い。両親は早くに亡くなり、自分の面倒を見てくれた祖母もまた鬼籍《きせき》に入っている。

祖母が入院している間は、いつその時がくるのかと恐れおののいていた。

祖母が亡くなった後、悲しくて仕方なかったけれど、一方でもうあんなにも辛い思いをすることはないのだと、安堵にも似た感情を覚えた。

それから今日まで、内向的な性格と和菓子好きという男らしくない趣味を言い訳に、親しい人を作らずにきた。今思い返してみると、大切な人を作ることを心のどこかで避けていたのかもしれない。

けれどれんげは、そんな虎太郎の垣根などいつの間にか飛び越えていた。

不思議だ。彼女はそうフレンドリーなタイプというわけではない。最初は少しきつい人だと思ったぐらいだ。どちらかといえば、虎太郎よりもれんげの方が頑丈な壁を作っていた気がする。

いつからだろうか。

彼女のことがこんなにも、気になって仕方がなくなったのは。

彼女が連れてきた黒狐に振り回されているうちに、いつの間にか虎太郎の垣根は壊れてしまった。

その向こうにあったのは、まるでぬるま湯みたいな世界。干渉はしないけれど突き放すこともない、れんげとの距離感は虎太郎にとって居心地がよかった。

けれど今、虎太郎はその距離感を壊そうとしている。

彼女の庭に踏み込んで、彼女が望んでもいないのに自分だけが新たな関係を築きたいと願っている。

そう気がついたのは、再び京都にやってきたれんげに残ってほしいとお願いした時だ。引き留めるつもりなんてなかった。けれどいつの間にか体が動いていた。

れんげと出会って、もうすぐ半年になる。

長いようで、あっという間だった。

彼女がいなくなったら、また別の誰かが民泊でこの家に泊まるなんて、考えられなくなっていた。

咄嗟に抱きしめると、その体は思っていたよりもずっと華奢で頼りなかった。

気丈な人だから、無意識に強くて大きい相手のような気がしていたのだ。けれどそんなことは全然なかった。虎太郎の腕にすっぽりと収まってしまう、その頼りなさに思わず鼓動が高鳴って。

頭が真っ白になって、けれど正直に告白する勇気もなく、誤魔化《ごまか》してしまった。

嫌がられなかったことだけが、唯一の救いか。

けれどあの抱擁を境に、虎太郎はどんどん歯止めが利かなくなっていく自分を自覚していた。

思い余って、電話帳に登録してある番号をコールする。

断線のようにブッブツと奇妙な音が入り、しばらくしてれんげが出た。

宵山の人で回線が混みあっているのかとも思ったが、そうではなかった。

驚いたことにれんげがいるのは市街地ではなく、伏見稲荷大社だという。

夜は人気のない場所だ。虎太郎は電話を終えると、自転車の鍵を掴んでむっとする熱気に満ちた外に飛び出した。

取り越し苦労ならばそれでいい。

けれど、もしれんげに何かあったら――。

そう思うと、考える前に体が動き出していたのだ。

中古で買ったぼろいママチャリが悲鳴を上げる。

静かな住宅地に点在する外灯を頼りに、れんげの元へと急ぐ。

もう頭の中で、鬱陶しがられたらどうしようなんて不安はどこかに消え失せていた。

そんなことよりも、一刻も早く無事な姿が見たい。

電話で話した瞬間から、胸騒ぎが止まらないのだ。

そして辿り着いた静かな境内に、れんげは立っていた。

何か白い靄のようなものが彼女を取り巻き、闇の中に妙にたくさんの気配がする。

ごくりと息を呑んで、虎太郎は慎重に近づいていった。

怖いという感情は、不思議と麻痺していた。それよりも早くれんげを連れて帰るのだと、それ以外考えられなくなっていたのだ。

白い靄はまるで、れんげを守るようにその周囲に渦巻いていた。

闇の中に浮かび上がる輪郭が、どんどん大きくなっていく。

その時だ。闇の中から、黒い人影のようなものがむくりと起き上がった。

それはゆっくりと、れんげに近づいていく。

れんげは何者かと喋ることに夢中で、その黒い影に気づかない。

自転車をこぎ続けたことで破裂しそうになっていた心臓が、嫌な音を立てた。

まるで心臓が浮かび上がったような不快感。

その人影の手には、鋭いものが握られていた。

咄嗟にれんげの名を呼ぼうとして、必死に堪える。

まだ虎太郎よりも人影の方がれんげに近い位置にいる。ここで叫んだら、焦った相手が何をしでかすか分からない。

咄嗟にどうしてそんなことを考える余裕があったのか。心臓が高鳴り息は上がっているのに、頭は驚くほど冴えていた。

不快な湿気をかき分けるようにして、虎太郎は人影に気付かれないよう注意しながられんげに近づいた。

感覚が研ぎ澄まされ、こめかみから汗が流れてくる。

ふうふうとなかなか収まらない呼吸を殺しながら、人影に全神経を集中させる。

ほんの数十秒がとんでもなく長く感じられた。

その時、なんの前触れもなくれんげが振り返った。

れんげは驚きに目を見開き、その影を凝視している。

気づかれたことが引き金になったのか、影――ここでようやく、男だと分かった――が腕を振り上げた。

「れんげさん、危ない！」

考えるよりも先に、叫んでいた。

じりじりと距離を詰めていた虎太郎は、既に男よりれんげに近い位置にまで到達していた。そしてそのまま、れんげと男の間に体を滑り込ませる。

感じたのは痛みというよりも、熱だった。

あふれ出した血が服にしみ込み、気持ちが悪い。

突然現れた虎太郎に、相手の男は呆然としてた。

まるで耳鳴りのように、れんげの悲鳴がこだまする。

そのまま虎太郎は、尻もちをつくように地面に仰向けに倒れ込んだ。

覗き込んでいるれんげの顔が、外灯のせいで逆光になって見えづらい。けれど、いつもは気丈な彼女が大きな衝撃を受けていることは、その息遣いや声からありありと伝わってきた。

そんな彼女に大丈夫だと伝えたかったけれど、虎太郎の意識はまるで吸い込まれるようにすさまじい勢いで薄れていった。

体からどんどん熱が流れ出し、蒸し暑い熱帯夜がひどく寒く感じられた。

感覚が麻痺していく。

近くに死の手触りを感じて、虎太郎はこんなことなられんげに想いを伝えておけばよかったと後悔した。

もしもう一度目覚めることができたなら、今度こそ誤魔化さずに――……。

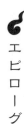

エピローグ

『今日は祇園祭後祭の山鉾巡行が行われました』

馴染みのない地方局のアナウンサーが、後祭の様子を伝えていた。クリーム色のカーテンが揺れて、窓の外はいかにも暑そうな天気だ。

「起きたの？」

カーテンが空いて、飲み物を買いに行っていたれんげが戻ってきた。

あの日れんげを迎えに行って刺された虎太郎は、救急車で病院に運ばれた。

刑事事件の被害者ということで、病室は個室になった。入院は初めての経験だが、堂々とテレビが見れるのが嬉しい。

「いよいよ明日退院ね」

ベッドサイドの椅子に座って、れんげが感慨深げに言った。

「刃物を持った相手の前に飛び出すなんて、無茶するんだから……」

おやと、虎太郎はれんげの顔を見上げた。

病院に運ばれてから今日まで、毎日見舞いに来て献身的に世話をしてくれたれんげが、事件について言及するのはこれが初めてのことだ。

驚いたことに、虎太郎を刺した男は連続切り裂き事件の犯人だった。京都市連続婦女切り裂き事件は、最後に男を刺して捕まるという異例の幕切れを迎えた。

病院まで来てくれた刑事さんによると、報道こそされていないが犯人は被害者の血液を集めていた形跡があるそうだ。

家宅捜索の結果、血を入れたとみられる容器と怪しげな呪いのサイトを見て回ったパソコンの閲覧履歴。それに怪しげな個人サイトで藁人形や動物の骨などを購入していたそうだ。被害者の血が塗りたくられた骨も見つかっているという。

呪いなんて何の役にも立たないのにと、その刑事さんは呆れていた。

その話をれんげにすると、「血で代用したのね……」と小さく呟いた。詳しく話す気はないようだったけれど、犯人は一体何を血液で代用したのだろうか。

ちなみにおかしなことはそれだけではなくて、事件の後何日たっても犯人は錯乱状態のままだそうだ。

取り調べしようにも意思の疎通は不可能だそうで、その挙動のおかしさから一緒に来ていたもう一人の刑事さんはまるで狐憑きだとため息をついていた。

刺された現場が伏見稲荷だけに本当に狐憑きなのではないかと思っている。例の白い靄も、おそらくはクロがらみだろう。

詮索は避けたいので余計なことは言わなかったけれど。

もちろん、決心していたはずの告白も先延ばしになっている。

「いやあ、咄嗟に他の方法が思い浮かばなくて……。でも、れんげさんが刺されなくてよかったです」

ずっと思っていたことを口にすると、れんげはなぜか傷ついたような顔になった。

「ばか……っ。もしあんたが死んじゃってたら、私は死ぬほど後悔してたわよ」

強い口調で言い切ったれんげだったが、その顔は今にも泣きそうだった。

『家でもれんげ様はため息ばかりなのです。虎太郎殿、早く帰ってきてくだされ』

彼女に付き添う黒狐もまた、心配そうに虎太郎を見つめていた。

天音はどうしたのかとれんげに聞いたのだけれど、彼女は言葉を濁すだけでどうなったのかは教えてくれなかった。

あの日、伏見稲荷大社で何があったのかれんげは教えてくれない。だが、きっといつものように大変な事件に巻き込まれていたに違いない。

それでもクロが帰ってきたのだから、彼女は自分の目的を果たしたのだろう。

虎太郎に迷惑をかけたとれんげはしきりに反省しているが、虎太郎としては大切な人を守ることができたのでこの結末に結構満足しているの。

もちろん、そんなことを言えばれんげを悲しませるだけなので、口にこそしないけれど。

その時、ノックの音が響いて引き戸になっている病室の扉が開かれた。

現れたのは、男でも思わず振り返ってしまいそうな美男子だ。細身のスーツを嫌味なく着こなし、片腕には大きな花束を抱えている。

「あの、病室をお間違えじゃないでしょうか？」

思わず虎太郎がそう言うと、男は愉快そうに笑った。

「いや、間違いではない。久しいな虎太郎」

こんな色男が知り合いにいただろうか——。虎太郎が首を傾げていると、男は嫌味のない洗練された動作で花束をれんげに差し出した。

「二人に見舞いだ。迷惑をかけてすまなかったな」

「もう明日退院なのに……」

こんな男性に花束を渡されたらどんな女性も嬉しいだろうと思うのだが、れんげは迷惑そうにため息をついた。どうやら彼女とは顔見知りであるらしい。

「まさか……黒烏さんですか？」

ずっと首を傾げていた虎太郎だったが、男の正体に気づいてはっとした。

白皙《はくせき》の美貌が、いつか見た偉い狐の神様と重なる。

「いかにも。今日は稲荷山を代表して見舞いに来たぞ」

なんとも恩着せがましく言うと、黒烏はれんげが座っていたパイプ椅子にどかりと腰を下ろした。れんげはと言えば、もらったからにはということで花を生けるため花瓶に水を入れに行っている。

先日谷崎が、花を持ってくる見舞客がいるかもしれないからと花瓶を持ってきてくれたのだ。ちなみに、彼自身の持ってきたお土産は仙太郎の七月限定『一枚笹ちまき（葛製）』だったけれど。

和菓子を避けている彼が和菓子をお見舞いにくれるなんてと、驚かされたものだ。

「大事ないようで安心した」

パイプ椅子に座っているだけなのになぜか気品を感じさせる黒烏は、そう言って優し気な笑みを見せた。

男でもころっと落ちてしまいそうな笑みだ。

全くこの男に限らず伏見稲荷の神様は、心臓に悪い。それは美男子だからではなくれんげを振り回すからなのだが、そんなこと直接本人に言えるはずもなかった。

「ありがとうございます。運よく内臓とかもほとんど傷ついてなくて、刺さりどころがよかったって先生が感心してました。お稲荷様のご加護かもしれないって」

事実はどうなんだと遠回しに尋ねると、黒烏は答える気がないようで曖昧な笑みを浮かべただけだった。

「ところで」

虎太郎はそう言うと、ドアを一瞥してれんげが戻ってこないか確認し、声を潜めた。

「結局れんげさんはどうなったんですか？　クロちゃんは帰ってきましたけど、何か彼女が背負うことになったりはしてないんでしょうか？」

虎太郎が最も気にかかっていたのは、クロを連れ戻したことでれんげに何かしらのペナルティが与えられるのではないかということだった。対価もなしに狐たちがれんげの願いを叶えてくれるとは、どうしても思えなかったのだ。

するとそんなことを言われるとは思っていなかったのか、黒烏は目を丸くした。

そして今度こそ、口を開けて大きく笑う。

「ははは、ないない。むしろ吾らはれんげに恩ができてしまった。吾などは命を救われたほどだ」

この返答には虎太郎の方が驚かされてしまった。

いつも余裕のある態度を崩さない黒烏が、ピンチに陥っている様など想像できなかったせいだ。

「一体何が……」

「それはれんげに聞くことだ。問われれば、あれも別に隠したりはしないだろうさ」

「そんな。れんげさんを物みたいに……」

黒烏の言い方が、なんだか自分よりもれんげを分かっているのだと言われたようで、虎太郎はイライラした。

それが顔にも出ていたのか、黒烏はいたずらっぽい笑みを浮かべ虎太郎の耳に魔法の言葉を囁いた。

「なにせ口吸いを交わした仲だ。他人よりは分かる」

「なっ！」

黒烏がそう言ったのと、扉が開いてれんげが部屋に入ってきたのは同時だった。

虎太郎が言葉をなくしていると、余裕の黒烏が席を立った。

「では、吾はそろそろお暇するかの」

「え、もう帰っちゃうの？」

「うむ。事後処理が残っておるゆえ、あまりお山を空けられぬのだ。二人とも息災で何よりであった。ではまたな」

そう言うと、来た時と同じように黒烏は颯爽と帰っていった。

一体何をしに来たのか。

まるで虎太郎の心にわざわざ波風を立てに来たように感じられて、ひどく落ち着かない気持ちになった。

「何話してたの？」

「え？」

花束を生けながら、何気ない口調でれんげが言う。

れんげについていっていたクロも、不思議そうに首を傾げていた。

「なんか、変な顔してるから」

どうやら、一目で分かるほど動揺していたらしいと知り、いよいよ顔が熱くなった。

「れんげさんは、黒烏さんがいいんですか？」

問いかけてから、しまったと思う。一体何を言っているんだとばかりに、れんげは怪訝な顔をして椅子に座った。

「いいって何が？」

「いやその、男性として……」

「はあ？　男性も何も、あんなの人間ですらないじゃない」

れんげの反応に、虎太郎は安堵を覚える。やはり黒烏の言葉は虎太郎をからかうための嘘だったのだ。

だが、話を聞いていたクロがそこに新たな爆弾を投下した。

『れんげ様。そのようなこと言っていいのですか？　眠っている黒烏様に、口吸いしたではありませぬか』

「ちょ！」

何を言うんだとばかりに、れんげがクロの口を押さえる。

しかし既にしっかりと話を聞いてしまった虎太郎は、やはり黒烏のでまかせではなかったのだと暗澹《あんたん》たる気持ちになった。

「口吸いって、キスのことですよね……」

なんとなく責める口調になる虎太郎に、れんげは慌てた様子で弁解を始めた。

「キ、キスっていっても人工呼吸みたいなものだから！　白菊にそうしろって言われて……。って、別に虎太郎には関係ないじゃない。もう忘れて」

「関係なくなんかないですよ」

虎太郎の手が、れんげの肩に伸びた。

薄い肩だ。自分のそれとは、明らかに違っている。

そのまま身を乗り出して、虎太郎はれんげの唇に己のそれを押しつけた。歯がぶつかってガチリと音が鳴る。

その痛みで、虎太郎は我に返った。

（俺、なんてことを……っ）

まさか自分が、強引にキスをするなんて思いもしなかった。クロの言葉に動揺して、頭がどうかしていたとしか思えない。

虎太郎はれんげの罵声が飛んでくることを覚悟したが、予想外にれんげは何も言わなかった。ただただ驚いているようで、その目を丸く見開いて固まっている。

『おお、挨拶ですな。我もやります〜』

そう言って、クロがれんげの鼻に己の鼻を押し当てていた。その濡れた感触で我に返ったのか、れんげが慌てたように立ち上がる。

「じゃ、じゃあ、私帰るから！」

『え、もうですか？』

「ほらクロ、早く行くわよ」

そう言って、れんげは逃げるように病室から出て行った。

あとに残されたのは、呆然とする自分だけ。

虎太郎は遠ざかる足音を聞きながら、大きなため息をついた。

「あかん。やってしもた」

『続いては花笠巡行です。いやー、舞妓さんたちが華やかですね』

テレビでは相変わらず、祇園祭の特集が続いていた。

一人取り残された虎太郎は、明日からどうしようと真剣に頭を抱えるのだった。

◎主な参考文献
『安倍晴明『簠簋内伝』現代語訳総解説』藤巻一保／戎光祥出版
『祇園祭のひみつ』　白川書院
『牛頭天王と蘇民将来伝説―消された異神たち』川村湊／作品社
『祇園の祇園祭　神々の先導者 宮本組の一か月』澤木政輝／平凡社
『祇園祭　祝祭の京都』川嶋將生／吉川弘文館
『狐　陰陽五行と稲荷信仰』吉野裕子／法政大学出版局

◎協力
俵屋吉富
カンバヤシ

※本書は書き下ろしです。

この物語はフィクションです。作中に同一の名称があった場合でも、

実在する人物、団体等とは一切関係ありません。

宝島社
文庫

京都伏見のあやかし甘味帖
星めぐり、祇園祭の神頼み
(きょうとふしみのあやかしかんみちょう　ほしめぐり、ぎおんまつりのかみだのみ)

2020年2月20日　第1刷発行

著　者　柏てん
発行人　蓮見清一
発行所　株式会社 宝島社
〒102-8388　東京都千代田区一番町25番地
電話：営業 03(3234)4621／編集 03(3239)0599
https://tkj.jp

印刷・製本　株式会社 廣済堂

ISBN 978-4-299-00249-5